楚辞

[战国] 屈原·著
陶夕佳·注译

陕西新华出版 三秦出版社

图书在版编目（CIP）数据

楚辞 /（战国）屈原著 ; 陶夕佳注译 . -- 2 版 . --
西安 : 三秦出版社, 2008.04（2024.1 重印）
（国学百部文库）
ISBN 978-7-80628-036-2

Ⅰ. ①楚… Ⅱ. ①屈… ②陶… Ⅲ. ①古典诗歌－中国－战国时代②楚辞－注释③楚辞－译文 Ⅳ. ① I222.3

中国版本图书馆 CIP 数据核字（2008）第 032708 号

书　　名　楚　辞
作　　者　[战国] 屈原 著　陶夕佳 注译
责　　编　陆　军
封面设计　新华智品

出版发行　三秦出版社
社　　址　西安市雁塔区曲江新区登高路 1388 号
电　　话　（029）81205236
邮政编码　710061
印　　刷　北京一鑫印务有限责任公司
开　　本　680×1020　1/16
印　　张　9
字　　数　83 千字
版　　次　2008 年 4 月第 2 版
印　　次　2024 年 1 月第 2 次印刷
标准书号　ISBN 978-7-80628-036-2

定　　价　39.80 元
网　　址　http://www.sqcbs.cn

前　言

《楚辞》是我国第一部浪漫主义诗歌总集。由于诗歌的形式是在楚国民歌的基础上加工形成，并大量引用楚地的风土物产和方言词汇，所以叫“楚辞”。这种诗体经屈原发扬光大，其后的宋玉及汉代作家们继续从事着楚辞的创作。

楚辞在汉代又被称作“赋”，如司马迁在《史记》中称：屈原“乃作《怀沙》之赋”。实际上，楚辞作为一种产生于楚地的独立诗体，是不应与汉赋混淆的。汉赋是适应汉代宫廷需要而发展起来的一种半诗半文的散文作品，一般以主客问答作为叙事的形式，它不是抒情，而是铺陈辞藻，咏物说理。楚辞则不同，虽然也富于文采，描写细致，含有叙事成分，但它以抒发个人情感为主，是一种诗歌。在楚辞之前的《诗经》，诗句以四字句为主，篇章比较短，风格朴素；楚辞则篇章宏阔，汪洋恣肆，诗的结构、篇幅都扩大了，句式参差错落，富于变化，而在感情奔放、想象力丰富、文采华美、风格绚烂这些方面，都与《诗经》作品截然不同。一般来说，《诗经》产生于北方，代表了当时的中原文化，而楚辞则是南方楚地的乡土文学。楚辞中的大部分作品都是屈原在楚国民歌的基础上加工、提炼而成的。

《楚辞》的编纂始于西汉，汉成帝河平三年，文学家刘向领校中秘书衔，负责将屈原、宋玉的作品以及汉代东方朔、王褒、刘向等人承袭模仿屈原、宋玉的作品共16篇辑录成集，定名为《楚辞》。《楚辞》遂又成为诗歌总集的名称。《楚辞》一书中选编了屈原的《离骚》、《九歌》、《天问》、《九章》、《远游》、《卜居》、《渔父》等名篇，并加以详细的注释，即使现代读者对当时的语言习惯、社会背景等都比较陌生，也能比较容易地理解楚辞作品，从中领略楚辞的精髓。由于屈原是楚辞的开创者，他的作品在质量和数量上都是最有代表性的，所以后人提及楚辞无不言屈原的代表作《离骚》，并常以“骚”或“离骚”作为楚辞的代称。

《楚辞》在中国诗史上占有重要的地位。它打破了诗歌在《诗经》以后两三个世纪的沉寂而在诗坛上大放异彩。后人也因此将《诗经》与《楚辞》并称为风、骚。风指十五国风，代表《诗经》，充满着现实主义精神；骚指《离骚》，代表《楚辞》，充满着浪漫主义气息。风、骚成为中国古典诗歌现实主义和浪漫主义的两大创作流派。

《楚辞》取材广泛，内容丰富，考虑到普及的需要，我们选取了其中最具代表性的篇章，以供读者阅读，希望本书能对您的学习和生活有所裨益。

本书编排严谨，校点精当，并配以精美的插图，这些插图不但和作品中的情节、人物相互对应以达到图文并茂、生动形象的效果，具有很高的艺术价值和欣赏价值。此外本书版式新颖，设计考究，双色印刷，装帧精美，除供广大读者阅读欣赏外，更具有极高的研究、收藏价值。

编　者

2008 年 8 月

目　录

离　骚 …… 1
九　歌 …… 25
东皇太一 …… 25
云中君 …… 27
湘　君 …… 28
湘夫人 …… 30
大司命 …… 33
少司命 …… 35
东　君 …… 36
河　伯 …… 38
山　鬼 …… 39
国　殇 …… 41
礼　魂 …… 42
天　问 …… 43
九　章 …… 64
惜　诵 …… 64
涉　江 …… 69
哀　郢 …… 73
抽　思 …… 76
怀　沙 …… 81
思美人 …… 86
惜往日 …… 89
橘　颂 …… 94
悲回风 …… 96
远　游 …… 102
卜　居 …… 113
渔　父 …… 116
九　辩 …… 118

离　骚

屈　原

【题解】

《离骚》是屈原的代表作品，是中国古代最伟大的浪漫主义抒情长诗，约作于屈原放逐江南汨罗期间，时当楚怀王十六年（前313）左右。《离骚》的题义，“离”为别离，“骚”为忧愤。当是诗人于再次被逐，在报国无门、痛苦无诉之际，写下的一首回顾平生奋斗历程的自传性诗作；一首倾诉着少年的憧憬、青年的参与艰难改革和壮盛之年即遭迫害、放逐的抒愤之作。

《离骚》的情感内涵极为丰富，包容了充满希冀的理想追求及其破灭，遭受冤屈和不能容忍暗君、谗臣误国的怨愤，终于只能埋葬“美政”理想的绝望和绝望也摧折不了的宁为玉碎、不为瓦全的孤傲与自信，以及对故国故土万死不变的眷恋深情。多种情感的交织，造出了一种既呜咽悲怆、激烈狂放，同时又坦然从容的浑茫气象。

【原文】

帝高阳之苗裔兮，朕皇考曰伯庸〔1〕。摄提贞于孟陬兮，惟庚寅吾以降〔2〕。

皇览揆余初度兮，肇锡余以嘉名〔3〕：名余曰正则兮，字余曰灵均〔4〕。

【注释】

〔1〕高阳：古帝颛顼号。颛顼为高阳部落首领，因以为号。苗裔：远代子孙。皇：大、美，是古人习用的称颂赞美的状词。考：古人称亡父为考。伯庸：屈原父亲的表字。

〔2〕摄提：摄提格的简称。古人把天宫分为十二等份，分别名之曰子、丑、寅、卯、辰、巳、午、未、申、酉、戌、亥，是为十二宫，以太岁运行的所在来纪年。当太岁运行到寅宫那一年，称“摄提格”，也就是寅年。贞：正。孟：始。陬：夏历正月的别名。夏

皇览揆余初度兮，肇锡余以嘉名。

历建寅，故正月也就是寅月。庚寅：古人以干支纪日，指正月里的一个寅日。

〔3〕揆：估量，测度。肇：借为“兆”，古人取名字要通过卜兆。锡：古通“赐”，送给。

〔4〕正：平。则：法。屈原名平，字原，正则隐括“平”字义。灵：美、善。

【译文】

我是高阳氏的远代子孙，伯庸是我已去世的父亲。岁星在寅那年的孟春月，我降生那天又值庚寅日。

父亲把我生辰仔细揣测，于是赐给我相应的美名：父亲给我的名叫做正则，又送给我灵均作我的字。

【原文】

纷吾既有此内美兮，又重之以修能〔1〕。扈江离与辟芷兮，纫秋兰以为佩〔2〕。

汩余若将不及兮，恐年岁之不吾与〔3〕。朝搴阰之木兰兮，夕揽洲之宿莽〔4〕。

日月忽其不淹兮，春与秋其代序〔5〕。惟草木之零落兮，恐美人之迟暮〔6〕。

【注释】

〔1〕内美：指先天具有的良好素质。重：加上。修能：杰出的才能，这里指后天修养的德能。

〔2〕江离：香草名，生在江边。芷：香草名，白芷。白芷生在幽僻处，所以叫辟芷。纫：联缀、编织。

〔3〕汩：水流迅速的样子，喻时间过得很快。与：等待。

〔4〕搴：楚方言，拔取。 阰(pí)：楚方言，大阜曰阰，大土岗子。揽：采。宿莽：楚方言，香草名，终冬不死。朝、夕是互文，言自修不息。

〔5〕淹：久留。代序：代谢，即更替轮换的意思，古“谢”与“序”通。

〔6〕惟：思。迟暮：年老、衰老的意思。

【译文】

我天生有如此良好素质，又不断加强我后天修养。我肩上披着江离和芷草，秋天兰草结成佩环装饰。

时光如水流我怕跟不上，岁月不等我让人心发慌。沐浴清晨采集木兰于山，到黄昏还在小洲采宿莽。

日月穿梭匆匆不能久留，春秋交替代谢变化有常。想到草木衰败片片飘零，怕美人年老啊白发如霜。

【原文】

不抚壮而弃秽兮，何不改乎此度[1]？乘骐骥以驰骋兮，来吾道夫先路[2]！

昔三后之纯粹兮，固众芳之所在[3]；杂申椒与菌桂兮，岂维纫夫蕙茝[4]？

彼尧舜之耿介兮，既遵道而得路[5]。何桀纣之猖披兮，夫唯捷径以窘步[6]。

【注释】

〔1〕抚：趁着。

〔2〕来：相招之辞。道：同“导”，引。先路：前驱。

〔3〕三后：王逸《章句》：“谓禹、汤、文王也。”后，君。众芳：喻群贤。

〔4〕杂：犹言“纷”，众多的意思。申：王逸《章句》：“申，重也。”维：同“唯”，只。

〔5〕耿介：光明正大。道：正途，指治国的正道。

〔6〕猖披：狂乱放荡。夫：犹“彼”，代指桀纣。

【译文】

何不趁着年盛扬弃秽政，何不壮壮器宇改变法度。跨上千里马纵横驰骋啊，我在前方引导作为前驱。

古代三后德行之完美啊，所以群贤都聚他们周围。花椒丛中相间有菌桂啊，怎么又只有蕙和茝贯穿。

唐尧和虞舜光明正大啊，走治国正道路才能平坦。为何夏桀殷纣狂乱放荡，只因为贪捷径走投无路。

【原文】

惟夫党人之偷乐兮，路幽昧以险隘[1]。岂余身之惮殃兮，恐皇舆之败绩[2]！

忽奔走以先后兮，及前王之踵武[3]。荃不察余之

中情兮，反信谗而齌怒[4]。

余固知謇謇之为患兮，忍而不能舍也[5]。指九天以为正兮，夫唯灵修之故也[6]！

初既与余成言兮，后悔遁而有他[7]。余既不难夫离别兮，伤灵修之数化[8]。

余既滋兰之九畹兮，又树蕙之百亩[9]。畦留夷与揭车兮，杂杜衡与芳芷[10]。

【注释】

〔1〕党人：指当时楚国结党营私的小人。偷：苟且；偷乐，苟安享乐。

〔2〕惮：害怕。皇舆：帝王的车乘，喻国家。

〔3〕武：足迹。

〔4〕荃（quán）：香草名，亦名“荪”，喻指楚怀王。 齌（jì）：急火煮食物。齌怒：大怒。

〔5〕謇謇（jiǎn）：直言的样子。舍：止。

〔6〕九天：古说天有九层，故说九天。灵修：指楚怀王。

〔7〕成言：成约，彼此说定的话。遁：迁，改变。

〔8〕难：惮，怕。数化：屡次变化。

余既滋兰之九畹兮，又树蕙之百亩。

〔9〕滋：培植。畹（wǎn）：古代地积单位，一畹等于三十亩。树：栽种。

〔10〕畦：《说文》：“田五十亩曰畦。”这里作种植用。留夷、揭车均为香草名。杜衡：香草名，俗称马蹄香。

【译文】

那些结党小人苟安享乐，国家前途黑暗而有险阻。难道我害怕自己遭殃吗？只担心国家会为此覆没。

前前后后奔走王车左右，希望你能赶上先王脚步。荃草不知我的一片忠心，反而听信馋言发怒于我。

我本知道忠言会遭祸害，想要强忍却又忍耐不住。让我手指苍天作为见证，一切一切都是为你君王。

想当初我与你已有成约，现在后悔当初又有打算。我与你分离并不为难啊，只是伤心你太反反复复。

我已经培植了大片芝兰，又种有蕙草有百亩之多。留夷和揭车一行又一行，杜衡和芳芷套种在其间。

【原文】

冀枝叶之峻茂兮，愿竢时乎吾将刈[1]。虽萎绝其亦何伤兮，哀众芳之芜秽[2]。

众皆竞进以贪婪兮，凭不厌乎求索[3]。羌内恕己以量人兮，各兴心而嫉妒[4]。

忽驰骛以追逐兮，非余心之所急[5]。老冉冉其将至兮，恐修名之不立[6]。

【注释】

〔1〕竢：同“俟”，等待。刈：割，收获。

〔2〕萎绝：枯萎黄落，这里比喻所培养的人被摧残。芜秽：本义指田地长满杂草，这里比喻所培养的人变节。

〔3〕众：指群小。凭：满，楚方言。厌：足。

〔4〕羌：楚方言，发语词。兴心：生心。

〔5〕驰骛：狂奔乱跑。

〔6〕冉冉：渐渐。

【译文】

本希望枝叶浓密又繁茂，等到我将其收割后储藏。花谢草枯死绝又有何伤，最痛心是它们中途质变。

大家如此贪婪争先恐后，利欲熏心而又欲壑难填。拿着私心去猜疑别人啊！各自钩心斗角相互妒忌。

急于奔走钻营追求私利，这不是我心中所追求的。只是衰老渐渐地来临啊，担心美好名声难以树立。

【原文】

朝饮木兰之坠露兮，夕餐秋菊之落英[1]。苟余情其信姱以练要兮，长顑颔亦何伤[2]。

揽木根以结茝兮，贯薜荔之落蕊[3]。矫菌桂以纫蕙兮，索胡绳之纚纚[4]。

謇吾法夫前修兮，非世俗之所服[5]。虽不周于今之人兮，愿依彭咸之遗则[6]！

【注释】

〔1〕落英：初开的花。

〔2〕苟：假使，如果。信：实在，确实。 姱：美好。练要：精要，精诚专一。顑颔(kǎn hàn)：因饥饿而面黄肌瘦的样子。

〔3〕贯：同“揽”，持取。薜荔：香草名，蔓生，缘木石墙垣而生。蕊：花心。

〔4〕矫：举起。纚(xǐ)：以绳串物长而下垂的样子。

〔5〕謇：楚方言，发语词。服：用。

〔6〕周：合。遗则：留下的法则、榜样。

【译文】

我在早上喝春兰上露水，晚上就用秋菊蓓蕾充饥。我只求内心真正芳洁啊，黄瘦憔悴又是为了什么。

用木兰的根编织成白芷，再穿上薜荔带露的花蕊。拿着菌桂嫩枝串连蕙草，胡绳编织得是又长又美。

我向古代圣贤效法学习，并非世间俗人所穿所戴。我虽与现在之人不相容，却愿依照古代彭咸遗教。

【原文】

长太息以掩涕兮，哀民生之多艰[1]。余虽好修姱以鞿羁兮，謇朝谇而夕替[2]。

既替余以蕙纕兮，又申之以揽茝[3]；亦余心之所善兮，虽九死其犹未悔[4]！

怨灵修之浩荡兮，终不察夫民心[5]。众女嫉余之蛾眉兮，谣诼谓余以善淫[6]。

【注释】

〔1〕太息：叹气。民：人，民生，即人生，作者自谓。

〔2〕修姱：修洁美好。 鞿(jī)：马缰绳。羁：马笼头。鞿羁：束缚，此指自己约束自己。谇(suì)：谏。替：废弃。

〔3〕蕙纕(xiāng)：以蕙草编缀的带子。 纕：佩带。申：加上。

〔4〕九死：极言其后果严重。

〔5〕浩荡：本义是大水横流的样子，此喻怀王骄傲放纵。民心：人心。

〔6〕众女：指谗人。蛾眉：喻指美好的品德。谣诼(zhuó)：楚方言，造谣诽谤。

【译文】

我擦着眼泪低头长叹啊，人生道路又是多么艰难。我只是爱修饰而能约束，早上遭到辱骂晚又丢官。

既毁坏我蕙草做的佩带，又因爱收集蕙兰遭指责。这是我衷心所爱的东西，就是身死九次也不后悔。

怪就怪君王竟如此糊涂，始终不能体察别人心情。女人们都妒忌我的秀美，造谣诽谤说妖艳而好淫。

【原文】

固时俗之工巧兮，偭规矩而改错[1]。背绳墨以追曲兮，竞周容以为度[2]。

忳郁邑余侘傺兮[3]，吾独穷困乎此时也。宁溘死以流亡兮[4]，余不忍为此态也！

鸷鸟之不群兮[5]，自前世而固然。何方圜之能周兮[6]，夫孰异道而相安！

【注释】

〔1〕偭：违背。

〔2〕绳墨：工匠用以取直的工具，这里喻法度。周容：苟合取容。

〔3〕忳(tún)：忧愁，烦闷，副词，做"郁邑"的状语。侘傺(chà chì)：楚方言，不得意的样子。

〔4〕流亡：流荡出亡，这里指死后灵魂无所归依，到处飘泊游荡。

〔5〕鸷鸟：鹰隼一类性情刚猛的鸟。

〔6〕圜：同"圆"。

【译义】

俗人们本来就善于取巧，甚至可以背离方圆规矩。不看墨线而又追求邪曲，争着苟合反而算是正道。

鸷鸟之不群兮，自前世而固然。

既忧愁烦闷而失意不安，孤零潦倒而又穷困艰难。宁愿暴死魂散尸源野外，坚决不能效法媚俗取巧。

雄鹰与那燕雀不能同群，自古以来就是这般分明。方圆如何能够相互配合，异路之人岂能彼此相当。

【原文】

屈心而抑志兮，忍尤而攘诟〔1〕。伏清白以死直兮，固前圣之所厚〔2〕。

悔相道之不察兮，延伫乎吾将反〔3〕；回朕车以复路兮，及行迷之未远。

步余马于兰皋兮，驰椒丘且焉止息〔4〕。进不入以离尤兮，退将复修吾初服〔5〕。

【注释】

〔1〕忍尤：忍受罪过。攘诟：遭到耻辱。攘，取；诟，耻辱。

〔2〕伏：通“服”，保持。厚：重视，嘉许。

〔3〕相：看，观察。延伫：长久站立。

〔4〕皋：水边之地。兰皋：生有兰草的水边之地。焉：于此。

〔5〕进：指仕进。离：借作“罹”，遭遇。初服：未入仕前的服饰，喻指自己原来的志趣。

【译文】

委曲心志强抑胸中情感，忍受罪过而又遭受耻辱。保持清白死得光明正大，这为历代圣贤众口称道。

后悔当初不曾看清前途，迟疑了一阵我又将回头。调转车头我走回原路啊，趁着迷途未远赶快罢休。

我打马在兰草水边行走，跑上椒木小山暂且停留。既然进取不成反而获罪，那就回来重修当年旧服。

【原文】

制芰荷以为衣兮，集芙蓉以为裳〔1〕。不吾知其亦已兮，苟余情其信芳〔2〕。

高余冠之岌岌兮，长余佩之陆离〔3〕。芳与泽其杂糅兮，唯昭质其犹未亏〔4〕。

忽反顾以游目兮，将往观乎四荒[5]。佩缤纷其繁饰兮，芳菲菲其弥章[6]。

【注释】

〔1〕芰(jì)：菱叶。荷：荷叶。芰荷：这里指荷叶。集：聚集。

〔2〕已：罢了，算了。信芳：真正芳洁。

〔3〕岌岌：高耸的样子。陆离：色彩光亮的样子。

〔4〕泽：光泽，这里指玉。昭质：光明纯洁的品质。

〔5〕游目：纵目眺望。四荒：四方极远之地。

〔6〕繁：众多。菲菲：香气浓郁。

【译文】

我要把菱叶裁剪成上衣，我并用荷花把下裳织就。没有人了解我又有何妨，只要内心真正馥郁芳柔。

我高耸的冠冕加得更高，我耀眼的佩带增得更长。虽然芳洁污垢混杂一起，只有纯洁品质不会腐朽。

我猛然回头纵目而远望，我将游观四面遥远地方。佩着五彩缤纷华丽装饰，散发出阵阵浓郁的清香。

【原文】

民生各有所乐兮，余独好修以为常。虽体解吾犹未变兮，岂余心之可惩[1]！

女媭之婵媛兮，申申其詈予[2]。曰：“鲧婞直以亡身兮，终然殀乎羽之野[3]。

汝何博謇而好修兮，纷独有此姱节[4]？薋菉葹以盈室兮，判独离而不服[5]。

【注释】

〔1〕体解：肢解，古代一种酷刑，把人的四肢砍掉。惩：悔戒。

〔2〕女媭(xū)：楚之女巫名。婵媛：眷恋牵挂样。申申：反反复复。詈：责备。

〔3〕鲧：禹的父亲。婞直：刚直。羽：羽山。

〔4〕謇：直言。姱节：美好的节操。

〔5〕薋：同“茨”，积聚的意思。菉、葹(shī)：均恶草名。菉，同绿，即王刍；葹，又叫葹耳。服：用，佩带。

【译文】

每个人有各自的爱好啊，我独爱好修饰习以为常。即使粉身碎骨也不改变，难道我的心可以被压服！

姐姐对我牵挂而又关切，反反复复把我训斥责备。她说："鲧刚直且不顾性命，结果被杀死在羽山荒野。

你何必太爽直爱好修饰，还独有很多美好的节操。满屋堆着都是普通花草，惟你与众不同不肯佩服。

【原文】

众不可户说兮，孰云察余之中情[1]？世并举而好朋兮，夫何茕独而不予听[2]？"

依前圣以节中兮，喟凭心而历兹[3]。济沅湘以南征兮，就重华而陈辞[4]：

"启《九辩》与《九歌》兮，夏康娱以自纵[5]。不顾难以图后兮，五子用失乎家巷[6]。

【注释】

〔1〕户：同"扈"，语词。余：犹今言"咱们"，指女媭和屈原两人。

〔2〕并举：互相吹捧。茕独：孤独的意思。无兄弟称茕，无子称独。

〔3〕节中：适中，不偏不过。凭：愤懑。兹：此。

〔4〕济：渡过。重华：舜名。

〔5〕启：夏启，禹的儿子。夏：指启，与上文启为互文。康娱：欢乐。

〔6〕不顾难：不顾后来的患难。五子：启的儿子武观。失："夫"之误。乎：衍文。用夫：因而。家巷：内乱，巷通"閧"。

【译文】

众人不可以一个个说明，谁会来详察我们的本心。世人都互相吹捧成群结伙，为何你连我的话都不听？"

遵循先圣正道节制性情，愤懑心情至今不能平静。渡过沅水湘水向南走去，我要对虞舜沉痛地陈辞：

"夏启偷得《九辩》和《九歌》啊，沉湎寻欢作乐放纵忘情。不居安思危预防后患，五子因此得以酿成内乱。

【原文】

羿淫游以佚畋兮，又好射夫封狐[1]。固乱流其鲜终兮，浞又贪夫厥家[2]。

浇身被服强圉兮[3]，纵欲而不忍。日康娱而自忘兮，厥首用夫颠陨[4]。

夏桀之常违兮，乃遂焉而逢殃[5]。后辛之菹醢兮，殷宗用而不长[6]。

【注释】

〔1〕淫、佚：都是过分的意思。畋：打猎。封狐：大狐狸。

〔2〕乱流：淫乱之流。鲜终：少有好的结局。浞：寒浞，羿宠信的相。厥：其。家：妻室。

〔3〕浇：寒浞的儿子。被服：穿戴，引申为具有、自恃。强圉：强壮多大。

〔4〕不忍：不能忍耐自制。颠陨：坠落。

〔5〕常违："违常"的倒文，违背常道。遂：终。遂焉：终然。

〔6〕后辛：即殷纣王，名辛。菹：切细的腌菜。醢（hǎi）：肉酱。菹醢：就是把人剁成肉酱。《史记·殷本纪》载纣王醢梅伯。殷宗：殷代的宗祀，即殷王朝。

羿淫游以佚畋兮，又好射夫封狐。

【译文】

后羿爱好田猎纵情游乐，对射杀大狐狸特别喜欢。本来淫乱之徒少有善终，寒浞杀羿又霸占其娇妻。

寒浇自恃身强而有力气，放纵情欲不肯节制自己。天天寻欢作乐忘掉自身，因此他的脑袋终于落地。

夏桀行为总是违背常理，终究难以逃避祸乱灾殃。纣王把忠良剁成肉酱啊，殷朝天下因此难以久长。

【原文】

汤禹俨而祗敬兮，周论道而莫差[1]。举贤而授能兮，循绳墨而不颇[2]。

皇天无私阿兮，览民德焉错辅[3]。夫维圣哲以茂行兮，苟得用此下土[4]。

瞻前而顾后兮，相观民之计极[5]。夫孰非义而可用兮，孰非善而可服？

【注释】

〔1〕汤禹：商汤、夏禹。俨：庄重严明。祗：敬畏。周：指周文王、武王而言。莫差：没有差错。

〔2〕颇：偏邪。

〔3〕阿：袒护，徇私。错辅：措置，错同“措”。

〔4〕维：同“唯”，只有。茂行：美行。苟：乃，才。下土：天下。

〔5〕极：标准。这句话是说要观察人们对待衡量事物的标准。

【译文】

商汤夏禹庄重严明恭敬，正确讲究道理还有文王。他们都能选拔贤者能人，遵循规矩准则不差分毫。

上天光明正大公正无私，见有德之人就给予扶持。只有圣哲德行高尚美好，才能让他享有天下土地。

回顾历史啊再展望将来，观察做人根本打算怎样。哪有不义的事可以去干，哪有不善的事应该担当。

【原文】

阽余身而危死兮，览余初其犹未悔[1]。不量凿而正枘兮，固前修以菹醢[2]。”

曾歔欷余郁邑兮，哀朕时之不当[3]。揽茹蕙以掩涕兮，沾余襟之浪浪[4]。

跪敷衽以陈辞兮，耿吾既得此中正[5]。驷玉虬以乘鹥兮，溘埃风余上征[6]。

朝发轫于苍梧兮，夕余至乎县圃[7]。欲少留此灵琐兮，日忽忽其将暮[8]。

吾令羲和弭节兮，望崦嵫而勿迫[9]。路曼曼其修远兮，吾将上下而求索[10]。

【注释】

〔1〕阽(diàn)：接近危险的意思。

〔2〕凿：安柄的孔。枘：木柄。

〔3〕曾：同“增”，屡次。歔欷：哀泣声。时之不当：生不逢时。

〔4〕茹：柔软。浪浪：水流不止的样子，此指泪水滚滚不断。

〔5〕敷：铺开。衽：衣襟。中正：不偏邪之正道。

〔6〕虬：无角的龙。鹥(yī)：传说中凤一类的鸟。溘：迅速。

〔7〕发轫：出发。轫，沿车轮的横木。县圃：神话中山名，在昆仑山顶。县，古“悬”字。

〔8〕灵琐：神灵居处的门。灵薮：神灵聚居的地方，指县圃，也通。

驷玉虬以乘鹥兮，溘埃风余上征。

〔9〕羲和：神话中太阳的驾车人。弭节：停车不进。崦嵫：神话中日落之处。

〔10〕曼曼：同“漫漫”，遥远绵长的样子。

【译文】

我虽然面临死亡的危险，回想初衷我毫不后悔。不度量凿眼就削正榫头，前代贤人因此遭殃身死。”

我泣声不绝啊烦恼悲伤，哀叹自己未逢美好时光。拔些柔软蕙草擦擦眼泪，热泪滚滚沾湿我的衣裳。

衣襟铺地跪着慢吐衷肠，我已求得正道心里亮堂。驾驭四条玉虬啊乘凤车，飘忽离开尘世飞到天上。

早晨开始启程离开苍梧，傍晚就到达了昆仑山上。我本想在灵琐停留片刻，夕阳西下已经暮色苍茫。

我命令羲和停鞭慢行啊，莫叫太阳迫近崦嵫山旁。前面的道路漫长遥远，我将上上下下追求理想。

【原文】

饮余马于咸池兮，总余辔乎扶桑[1]。折若木以拂日兮，聊逍遥以相羊[2]。

前望舒使先驱兮，后飞廉使奔属[3]。鸾皇为余先戒兮，雷师告余以未具[4]。

吾令凤鸟飞腾兮，继之以日夜。飘风屯其相离兮，帅云霓而来御[5]。

【注释】

〔1〕咸池：神话中池名，太阳洗沐的地方。总：系结。扶桑：神话中树名。

〔2〕若木：神话中树名，在昆仑山西极，太阳所入之处。拂日：蔽日，遮住日光。相羊：同“徜徉”，即徘徊。

〔3〕望舒：神话中月神的驾车人。飞廉：风伯，风神。奔属：奔跑跟随。

〔4〕先戒：先行警戒。未具：行装未准备齐全。

〔5〕飘风：旋风。屯：聚。离：读作“丽”，依附，附着。御：读作“迓”，迎接。

【译文】

让我的马痛饮咸池琼浆，把缰绳拴在万丈扶桑上。折下若木枝来挡住太阳，暂且自在地散步而闲逛。

叫望舒在前方作为先驱，让飞廉在后面紧紧跟上。鸾鸟凤凰为我在前戒备，雷师却说还没安排停当。

我命令凤凰展翅飞腾啊，日以继夜不停飞翔兼程。旋风结聚起来互相靠拢，它率领着云霓将我恭迎。

【原文】

纷总总其离合兮，斑陆离其上下[1]。吾令帝阍开关兮，倚阊阖而望予[2]。

时暧暧其将罢兮，结幽兰而延伫[3]。世溷浊而不分兮，好蔽美而嫉妒。

朝吾将济于白水兮，登阆风而绁马[4]。忽反顾以流涕兮，哀高丘之无女。

【注释】

〔1〕总总：聚集的样子。离合：忽聚忽散，乍离乍合。陆离：五光十色。

〔2〕阍：守门人。帝阍：替天帝守门的神。关：门栓，这里代指门。阊阖：天门，楚人称门为阊阖。

〔3〕暧暧：昏暗的样子。罢：尽，一天将尽。延伫：久立。

〔4〕白水：神话中水名，源于昆仑山，饮后不死。阆风：神话中山名，在昆仑山上。

【译文】

云霓越聚越多忽离忽合，五光十色上下变化万千。我叫上帝守卫打开天门，他却倚靠天门把我呆望。

日色渐渐昏暗时间已晚，我扭结着幽兰久久站立。这个世界浑浊善恶不分，喜欢嫉妒别人抹煞所长。

清晨我将要渡过白水河，登上阆风山把马儿系着。忽然回头眺望不禁泪下，伤心高丘竟然没有美女。

【原文】

溘吾游此春宫兮，折琼枝以继佩[1]。及荣华之未落兮，相下女之可诒[2]。

吾令丰隆乘云兮，求宓妃之所在[3]。解佩纕以结言兮，吾令蹇修以为理[4]。

纷总总其离合兮，忽纬繣其难迁[5]。夕归次于穷石兮，朝濯发乎洧盘[6]。

【注释】

〔1〕春宫：东方青帝所居之宫。琼枝：玉树枝。继佩：增添佩饰。

〔2〕荣华：花。草本花称荣，木本称华。下女：下界美女。诒：通“贻”，赠送。

〔3〕丰隆：雷神。宓(mì)妃：相传为伏羲氏之女，溺死洛水，遂成为洛水女神。

〔4〕佩纕：佩带。结言：订盟约。蹇修：王逸《章句》：“伏羲氏之臣也。”恐非。当也如下文的“灵氛”、“巫咸”一样，是作者虚拟的人物。

〔5〕纬繣(huà)：乖戾。难迁：难以迁就。

〔6〕次：停留，住宿。穷石：神话中山名，相传为后羿所居之处。这句是说宓妃与后羿淫乱。濯：洗涤。洧(wěi)盘：神话中水名，源于崦嵫山。

【译文】

我飘忽地来到春宫一游，折下玉树枝条增添佩饰。趁琼枝上花朵还未凋零，到下界寻可馈赠之美女。

我命令云师把云车驾起，去走访宓妃在何处居住。解上佩带束好求婚书信，我请蹇修前去做我媒人。

云霓纷纷簇集忽离忽合，很快知道事情乖戾难成。晚上宓妃回到穷石住宿，清晨来到洧盘洗濯头发。

【原文】

保厥美以骄傲兮，日康娱以淫游。虽信美而无礼兮，来违弃而改求[1]。

览相观于四极兮，周流乎天余乃下。望瑶台之偃蹇兮，见有娀之佚女[2]。

吾令鸩为媒兮，鸩告余以不好[3]。雄鸠之鸣逝兮，余犹恶其佻巧[4]。

【注释】

〔1〕改求：另求其他女子。

〔2〕偃蹇：高耸的样子。有娀：传说中的一个部落名。佚女：美女。传说有娀氏有两个女儿，很美，住在瑶台上，其中一个名叫简狄，后来嫁给帝喾，生契。

〔3〕鸩：鸟名，羽有毒，置于酒中，饮之致人死命。

〔4〕佻巧：轻佻不实。

望瑶台之偃蹇兮，见有娀之佚女。

【译文】

宓妃仗着貌美骄傲自大，成天在外放荡寻欢作乐。她虽然美丽但太无礼节，算了吧放弃她另外寻找。

我在天上观察四方八极，周游一遍后从天而降。遥望华丽巍峨的玉台啊，看见台上有娀氏的美女。

我请鸩鸟前去帮我做媒，鸩鸟撒谎说那美女不好。雄鸠叫唤着飞去说媒啊，我又讨厌它的诡诈轻佻。

【原文】

心犹豫而狐疑兮，欲自适而不可[1]。凤皇既受诒兮，恐高辛之先我[2]。

欲远集而无所止兮，聊浮游以逍遥[3]。及少康之未家兮，留有虞之二姚[4]。

理弱而媒拙兮，恐导言之不固[5]。世溷浊而嫉贤兮，好蔽美而称恶。

【注释】

〔1〕犹豫、狐疑：疑惑不决。自适：自往。

〔2〕凤皇：指玄鸟。相传简狄吃了玄鸟的卵而生契。受诒(yí)：诒通"贻"，受帝喾的委托。高辛：帝喾的别号。

〔3〕远集：到远方去栖息。

〔4〕少康：夏代中兴的国君。有虞：传说中上古国名，舜的后裔，姚姓。二姚：有虞国君的两个女儿。传说少康亡命有虞国时，有虞国君把两个女儿嫁给了他。后来少康灭浇，恢复了夏的政权。

〔5〕导言：指媒人传达双方的话。

【译文】

我心中犹豫而疑惑不定，想自己去吧又不合礼貌。凤凰已接受托付的聘礼，恐怕高辛赶在我前面了。

想到远方去又无处安居，只好四处游荡聊以逍遥。趁着少康还未结婚成家，还留着有虞国两位阿娇。

媒人无能没有灵牙利齿，恐怕不能传达我的深情。世间混乱污浊嫉贤妒能，喜欢隐人善处扬人恶声。

【原文】

闺中既以邃远兮，哲王又不寤〔1〕。怀朕情而不发兮，余焉能忍与此终古〔2〕！

索藑茅以筳篿兮，命灵氛为余占之〔3〕。曰："两美其必合兮，孰信修而慕之〔4〕？

思九州之博大兮，岂唯是其有女"？曰："勉远逝而无狐疑兮，孰求美而释女？

【注释】

〔1〕邃：远。哲王：明智的君王，指楚怀王。寤：醒悟。

〔2〕终古：永远。

〔3〕藑(qióng)茅：一种可用于占卜的草。筳(tíng)：小竹片。篿(zhuān)：用草和竹片占卦。灵氛：屈原虚拟的巫名。

〔4〕两美：指明君贤臣。信修：确实美好。

【译文】

闺中美女既然难以接近，贤智君王又长睡不醒觉。满腔忠贞激情无处倾诉，我怎么能忍耐了此一生！

我找来了灵草和细竹片，请求神巫灵氛为我占卜。“听说郎才女貌必将结合，看谁真正好修必然爱慕。

想到天下多么辽阔广大，难道只在这里才有娇女？”“劝你远走高飞不要迟疑，谁寻求美人会把你放弃？

【原文】

何所独无芳草兮，尔何怀乎故宇〔1〕？世幽昧以眩曜兮，孰云察余之善恶〔2〕？

民好恶其不同兮，惟此党人其独异〔3〕。户服艾以盈要兮，谓幽兰其不可佩〔4〕。

览察草木其犹未得兮，岂珵美之能当〔5〕？苏粪壤以充帏兮，谓申椒其不芳〔6〕。”

【注释】

〔1〕故宇：故居，这里指楚国。

〔2〕眩曜：眼光迷乱。

〔3〕民：人。

〔4〕艾：白蒿。要：古“腰”字。

〔5〕珵(chēng)：美玉。当：估价。

〔6〕苏：取。帏：香袋。

【译文】

世间什么地方没有芳草，你又何必苦苦怀恋故地？世道黑暗使人眼光迷乱，谁又能够了解我们底细？

天下人们固然各有所爱，只是这里小人更加古怪。人人都把艾草挂满腰间，反而说幽兰不可以佩带。

对草木好坏还分辨不清，怎么能够正确评价玉器？用粪土塞满自己的香袋，反说佩的申椒没有香气。”

【原文】

欲从灵氛之吉占兮，心犹豫而狐疑。巫咸将夕降兮，怀椒糈而要之〔1〕。

百神翳其备降兮，九疑缤其并迎〔2〕。皇剡剡其扬灵兮，告余以吉故〔3〕。

曰："勉升降以上下兮，求榘矱之所同〔4〕。汤禹严而求合兮，挚咎繇而能调〔5〕。

【注释】

〔1〕巫咸：屈原虚拟的巫名。怀：揣在怀里。糈(xǔ)：精米。这里椒、糈都是享神的用物。

〔2〕翳(yì)：遮蔽。

〔3〕皇：读作"煌"，光明。剡剡(yǎn)：闪闪发光的样子。吉故：过去的吉祥事。

〔4〕榘：同"矩"，量方的工具。 矱(huò)：量长度的工具。榘矱：喻指法度。

〔5〕求合：寻求志同道合的人。挚：即伊尹，名挚，汤之贤臣。咎繇：即皋陶，禹之贤臣。

百神翳其备降兮，九疑缤其并迎。

【译文】

想听从灵氛占卜的吉卦，心里犹豫迟疑忐忑不定。听说巫咸今晚将要降神，我带着花椒精米邀请他。

诸神遮天蔽日齐降共临，九嶷山的众神纷纷相迎。他们灵光闪闪显示神灵，巫咸又告诉我不少佳话。

他说："应该努力上天下地，按照天度寻求意气同道。汤禹严格而且虚心求贤，伊尹皋陶君臣能够协调。

【原文】

苟中情其好修兮，又何必用夫行媒？ 说操筑于傅岩兮，武丁用而不疑〔1〕。

吕望之鼓刀兮，遭周文而得举〔2〕。宁戚之讴歌兮，齐桓闻以该辅〔3〕。

及年岁之未晏兮，时亦犹其未央〔4〕。恐鹈鴂之先鸣兮，使夫百草为之不芳〔5〕。"

【注释】

〔1〕说：即傅说，殷高宗时贤臣。筑：打墙捣土用的木杵。武丁：殷高宗名。

〔2〕吕望：即太公姜尚。鼓刀：鸣刀、钢(gāng)刀。周文：即周文王姬昌。

〔3〕宁戚：春秋卫国人。未遇时曾经商。齐桓：齐桓公。该：备。

〔4〕晏：晚。犹其：当作“其犹”，是(见闻一多《楚辞校补》)。未央：未尽。

〔5〕鹈鴂：鸟名，杜鹃。不芳：香气消散。

宁戚之讴歌兮，齐桓闻以该辅。

【译文】

只要内心善良爱好修洁，又何必一定要媒人介绍？傅说拿木杵在傅岩筑墙，武丁重用他也毫不动摇。

姜太公曾经摆弄过屠刀，遇到周文王就不再潦倒。宁戚喂牛敲着牛角歌唱，齐桓公听出抱负任为大夫。

趁现在年轻还未衰老啊，施展才能还有大好时光。当心杜鹃鸟叫得太早啊，使得百草因此芳尽香消。”

【原文】

何琼佩之偃蹇兮，众薆然而蔽之[1]。惟此党人之不谅兮，恐嫉妒而折之[2]。

时缤纷其变易兮，又何可以淹留。兰芷变而不芳兮，荃蕙化而为茅。

何昔日之芳草兮，今直为此萧艾也[3]？岂其有他故兮，莫好修之害也。

【注释】

〔1〕琼佩：玉佩。偃蹇：高耸的样子。众：指党人。薆：遮蔽。

〔2〕谅：诚信。恐：读作“共”。

〔3〕萧、艾：都是草名。

【译文】

为什么美好出众的琼佩，人们却要掩盖它的光辉。想到这些小人不讲信义，恐怕出于嫉妒把它摧毁。

时世纷乱而世态易变啊，我怎能在这里久久流连。兰草和芷草失掉了芬芳，荃草和蕙草也变成茅莠。

为什么往日的香花芳草，今天全都成为荒蒿野艾？难道还有什么别的理由，不爱好修洁造成的祸害。

【原文】

余以兰为可恃兮，羌无实而容长[1]。委厥美以从俗兮，苟得列乎众芳。

椒专佞以慢慆兮，樧又欲充夫佩帏[2]。既干进而务入兮，又何芳之能祗[3]。

固时俗之流从兮，又孰能无变化？览椒兰其若兹兮，又况揭车与江离。

【注释】

〔1〕羌：发语词。容长：外表好看。

〔2〕椒：喻指当时有才而变节的人。专佞：专横谄谀。慢慆：傲慢狂妄。樧（shā）：茱萸一类的草，外形像椒而不香。

〔3〕干进、务入：钻营求进。干，求。祗：振。

【译文】

我还以为兰草最可依靠，谁知华而不实虚有其表。兰草抛弃美质随从时俗，勉强名列众芳辱没香草。

花椒专横谄媚十分傲慢，茱萸想进香袋冒充香草。既然贪图攀附热心钻营，又有什么香草重吐芳馨。

本来世态习俗随波逐流，又还有谁能够意志坚定？看香椒兰草也竟然如此，何况揭车江离能不变心。

【原文】

惟兹佩之可贵兮，委厥美而历兹。芳菲菲而难亏兮，芬至今犹未沫[1]。

和调度以自娱兮，聊浮游而求女[2]。及余饰之方壮兮，周流观乎上下[3]。

灵氛既告余以吉占兮，历吉日乎吾将行[4]。折琼枝以为羞兮，精琼爢以为粻[5]。

【注释】

〔1〕沬：泯灭，消散。

〔2〕和：节奏和谐。调：行走时佩饰发出的铿锵声。度：行走时步伐从容整齐样。

〔3〕方壮：正盛。

〔4〕历：选择。

〔5〕羞：肉脯，指精美的菜肴。精：捣碎。琼爢（mí）：玉屑。粻（zhāng）：粮。

【译文】

只有我的佩饰可珍可贵，守美质永美德直到如今。浓郁的香气难以消散啊，至今芳馨还是沁人心脾。

我调度和谐又自我欢娱，姑且飘游四方寻求美女。趁着我的佩饰还很盛美，到天地四方去周游观访。

灵氛已告诉我占得吉卦，选个好日子我出走远方。折下玉树枝叶作为肉脯，我把美玉捣碎作为干粮。

【原文】

为余驾飞龙兮，杂瑶象以为车[1]。何离心之可同兮，吾将远逝以自疏。

邅吾道夫昆仑兮，路修远以周流[2]。扬云霓之晻蔼兮，鸣玉鸾之啾啾[3]。

朝发轫于天津兮，夕余至乎西极[4]。凤皇翼其承旂兮，高翱翔之翼翼[5]。

【注释】

〔1〕象：象牙。

〔2〕邅（zhàn）：转，楚方言。

〔3〕晻蔼：日光被遮蔽而昏暗的样子。玉鸾：玉铃，形如鸾鸟。啾啾：铃声。

〔4〕天津：银河。西极：西方的尽头。

〔5〕承：举。旂：画有蛟龙的旗。翼翼：整齐的样子。

【译文】

给我驾车啊用飞龙为马，车上装饰着美玉和象牙。彼此不同心如何在一起，我将去远游主动离开他。

我把行程转向西方昆仑，路途遥远继续周游观察。云霞虹霓飞扬遮天蔽日，车上玉铃错杂铿锵和鸣。

清晨从天河的渡口出发，傍晚到达了西天的尽头。凤凰展翅承托着旌旗啊，高飞在天上多和谐自由。

【原文】

忽吾行此流沙兮，遵赤水而容与〔1〕。麾蛟龙使梁津兮，诏西皇使涉予〔2〕。

路修远以多艰兮，腾众车使径待〔3〕。路不周以左转兮，指西海以为期〔4〕。

屯余车其千乘兮，齐玉轪而并驰〔5〕。驾八龙之蜿蜿兮，载云旗之委蛇〔6〕。

【注释】

〔1〕流沙：沙漠。容与：从容不迫的样子。

〔2〕麾：指挥。梁：桥。西皇：古帝王少皞氏。

〔3〕腾：传令。待：当作“侍”。经侍：竞相侍卫。

〔4〕路：经过。不周：不周山，神话中山名，在昆仑山西北，山有缺口，故称不周。西海：传说中西方极远处的海。期：目的地。

〔5〕屯：聚。玉轪(dài)：车毂端的帽盖。

〔6〕蜿蜿：一曲一伸的样子。载：插在车上。委蛇：迎风舒展的样子。

【译文】

忽然我来到这流沙地段，沿着赤水从容缓缓行进。指挥蛟龙在渡口上架桥，命令西皇将我渡过河流。

行程多么遥远天路艰险，我传令众车等待在路旁。经过不周山向左转去啊，浩瀚的西海才是目的地。

驾八龙之蜿蜿兮，载云旗之委蛇。
奏《九歌》而舞《韶》兮，聊假日以媮乐。

我再把成千辆车子聚集，对齐玉轮转动并驾齐驱。驾车的八龙蜿蜒地前进，载着云霓旗帜随风卷曲。

【原文】

抑志而弭节兮，神高驰之邈邈[1]。奏《九歌》而舞《韶》兮，聊假日以媮乐[2]。

陟升皇之赫戏兮，忽临睨夫旧乡[3]。仆夫悲余马怀兮，蜷局顾而不行[4]。

乱曰：已矣哉！国无人莫我知兮，又何怀乎故都[5]？既莫足与为美政兮，吾将从彭咸之所居[6]！

【注释】

〔1〕志：通"帜"，旗帜。弭节：停车。邈邈：遥远的样子。

〔2〕韶：即《九韶》，传说为舜时的舞乐。假日：借此机会。媮：同"愉"。

〔3〕陟升：登上。皇：太阳。赫戏：光明的样子。睨(nì)：旁视。

〔4〕马怀：马伤心。蜷：卷曲不伸。

〔5〕乱：乐曲的卒章称乱，也就是尾声的意思。无人：指无贤人。故都：国都。

〔6〕美政：指屈原的政治理想和主张。从彭咸之所居：即从彭咸于地下的意思。钱杲之《离骚集传》："犹言相从古人于地下也。"

陟升皇之赫戏兮，忽临睨夫旧乡。

【译文】

定下心来啊慢慢地前行，难控制的思绪飞得远远。演奏着《九歌》跳起《韶》舞啊，且借大好时光及时行乐。

刚刚登上灿烂的天国啊，忽然看见我生长的故乡。我的仆从悲伤马也怀念，退缩回头不肯走向前方。

尾声：算了吧！国内既然没人理解我啊，又何必对故乡恋恋不舍？既然没人能与我推行美政，我将要独自去追随彭咸！

九　　歌

屈　原

【题解】

这是一组“情致缥缈”、“玲珑剔透”的祀神乐歌。其名传自夏代，传说是夏启从天帝那儿偷来的“天乐”，实际上可能是夏王朝祭祀天地诸神的祭歌。夏王朝覆亡后，它便失去了王朝礼典用乐的地位。在沅湘民间流传中，既保存了原先祭祀的部分内容，又掺入了民间祭祀的基本内容，形成了其“非典非俗”的特点。屈原放逐到沅湘一带，可能参加过民间的这类祭祀活动，并因原先的祭祀歌过于“鄙陋”，特为重新改写，这便是现在的楚辞《九歌》。

从《九歌》的内容和形式看，似已具赛神歌舞剧的雏形。《九歌》中扮神的巫、觋，在宗教仪式、人神关系的纱幕下，表演着人世间男女恋爱的话剧。这种男子感情的抒发，是很复杂曲折的：有思慕，有猜疑，有欢乐，有悲痛，有哀思。

这些鬼神的形象是很美的，有强烈的艺术魅力。作者同神站在平等的地位上，自由而真挚地描写他们的恋爱生活，表现他们美好的内心、丰富的感情以及像人一样的喜怒哀乐。因此，作品充满了浪漫主义的气息，优美丰富的想象，庄严富丽、曲折哀婉的情调，五彩缤纷的画面，活泼流畅的节奏，语言精美，韵味隽永，有一种深切感人的力量。

东皇太一

【题解】

这是楚人祭祀天神中最尊贵的神即上帝的祭歌。

【原文】

吉日兮辰良，穆将愉兮上皇[1]。抚长剑兮玉珥，璆锵鸣兮琳琅[2]。

【注释】

〔1〕上皇：指东皇太一。

〔2〕珥：耳饰，此指古代剑柄的顶端部分，又称剑镡、剑鼻子。璆锵(qiú qiāng)：佩玉撞击的声音。

【译文】

吉祥日子好时光，恭恭敬敬祭上皇。玉镶宝剑手按抚，全身佩玉响丁当。

【原文】

瑶席兮玉瑱，盍将把兮琼芳[1]，蕙肴蒸兮兰藉，奠桂酒兮椒浆[2]。

扬枹兮拊鼓，疏缓节兮安歌，陈竽瑟兮浩倡[3]。

灵偃蹇兮姣服，芳菲菲兮满堂[4]。五音纷兮繁会，君欣欣兮乐康[5]。

东皇太一

【注释】

〔1〕瑶：美玉名，这里形容坐席质地精美。一说"瑶","藞"的假借字，香草名。"藞席"，用藞草编织的座席。玉瑱(zhèn)：压席的玉器。瑱，通"镇"。盍(hé)：发语词。将：举。

〔2〕肴蒸：祭祀用的肉。藉：衬垫。桂酒、椒浆，指浸泡香料的美酒。

〔3〕枹(fú)：鼓槌。拊：击。安歌：安详地歌唱。陈：列。瑟：琴类弹奏乐器，有二十五弦。浩倡：大声唱。"倡"，同"唱"。

〔4〕灵：楚辞中"灵"或指神，或指巫。偃蹇(yǎn jiǎn)：舞貌，谓舞姿袅娜。

〔5〕五音：指宫、商、角、徵、羽五种音阶。繁会：音调繁多，交响合奏。

【译文】

藞席四角玉瑱压，鲜花供在神座旁。献上祭肉兰蕙垫，献上桂酒椒子汤。

高举鼓槌猛击鼓，轻歌曼舞节拍疏，吹竽鼓瑟歌声扬。

华服巫女翩跹舞，芳香馥郁飘满堂。五音交鸣齐奏乐，东皇太一喜洋洋。

云　中　君

【题解】

这是祭祀云神的乐歌。

【原文】

浴兰汤兮沐芳，华采衣兮若英[1]。灵连蜷兮既留，烂昭昭兮未央[2]。

蹇将憺兮寿宫，与日月兮齐光[3]。龙驾兮帝服，聊翱游兮周章[4]。

灵皇皇兮既降，猋远举兮云中[5]。览冀州兮有余，横四海兮焉穷[6]。思夫君兮太息，极劳心兮忡忡[7]。

【注释】

〔1〕华采：彩色华丽。若英：像花朵一样。

〔2〕灵：指云中君。连蜷（quán）：回环宛曲的样子。烂昭昭：光明灿烂的样子。

〔3〕蹇（jiǎn）：发语词。憺（dàn）：安。

〔4〕龙驾：龙车。此指驾龙车。帝服：指五方帝之服，言服有青黄赤白黑之五彩。周章：王逸《楚辞章句》："犹周流也。言云神居无常处，动则翱翔，周流往来且游戏也。"

〔5〕皇皇：同"煌煌"，光明灿烂的样子。降：指云神降落到人间。猋（biāo）：疾速。举：高飞。

〔6〕览：看。冀州：古代中国分为冀、兖、青、徐、扬、荆、豫、梁、雍九州，冀州为九州之首，因以代指全中国。

〔7〕君：指云中君。忡：同"忡忡"，心神不定的样子。

云中君

【译文】

沐浴兰汤满身香，穿上华丽花衣裳。喜看云神停云端，神光灿烂正盛旺。

安居云间之殿堂，可与日月争光芒。驾龙车穿五彩衣，天上翱翔游四方。

神光闪闪从天降，忽又疾飞返云端。高瞻远瞩超九州，恩泽四海功无量。思念神君声叹息，忧心忡忡黯神伤。

湘　　君

【题解】

《湘君》与下篇《湘夫人》同是祭祀湘水神的乐歌。

【原文】

君不行兮夷犹，蹇谁留兮中洲[1]？美要眇兮宜修，沛吾乘兮桂舟[2]。

令沅湘兮无波，使江水兮安流[3]。望夫君兮未来，吹参差兮谁思[4]？

【注释】

〔1〕君：湘君。夷犹：犹豫不前的样子。蹇：发语词。中洲：水中小块陆地。

〔2〕要眇（yāo miǎo）：美好貌。宜修：修饰打扮恰到好处。沛：水势大而急的样子，这里指船行疾速。吾：湘夫人自指。

〔3〕江水：指长江。

〔4〕参差（cēn cī）：即排箫，相传为舜造，其状如凤翼之参差不齐，故名参差。

【译文】

湘君你犹豫不前为哪桩？谁把你留在洲中使我想。修饰好美丽容貌来接你，我乘上桂木龙舟快启航。

我不准沅江湘江兴风浪，令长江平平静静向前淌。盼望你啊为什么总不来，吹参差啊你说我把谁想？

【原文】

驾飞龙兮北征，邅吾道兮洞庭[1]。薜荔柏兮蕙绸，荪桡兮兰旌[2]。望涔阳兮极浦，横大江兮扬灵[3]。扬

灵兮未极，女婵媛兮为余太息[4]。横流涕兮潺湲，隐思君兮陫侧[5]。

【注释】

〔1〕邅(zhān)：转弯。

〔2〕薜荔(bì lì)：一种蔓生的常绿灌木。绸：同“帱”，帐子。蕙绸：用香蕙织成的帐子。荪：香草名。桡(náo)：船桨。荪桡：用香荪装饰船桨。兰旌：用香兰装饰旗帜。

〔3〕涔(cén)阳：地名，在涔水北岸，今湖南省醴县有涔阳浦。极浦：遥远的水边。灵：有屋的船。扬灵：指扬帆前进。

〔4〕极：终极，引申为到达。婵媛(chán yuán)：心内牵挂，十分关心的样子。

〔5〕潺湲(chán yuán)：水不停流动的样子，这里形容流泪之貌。隐：痛。陫侧(fěi cè)：同“悱恻”，忧思伤心的样子。

【译文】

我驾着飞快龙舟往北行，我掉转船头又驶向洞庭。薜荔饰船舱蕙草饰幕帐，兰草饰旌旗荪草饰船桨。眺望涔阳浦口遥远地方，飞舟横渡大江神采飞扬。心盼望神远驰永无尽头，妹妹声声叹息为我悲伤。止不住滚滚热泪腮边淌，暗暗地思念你啊愁断肠。

【原文】

桂櫂兮兰枻，斫冰兮积雪[1]。采薜荔兮水中，搴芙蓉兮木末[2]。心不同兮媒劳，恩不甚兮轻绝[3]。石濑兮浅浅，飞龙兮翩翩[4]。交不忠兮怨长，期不信兮告余以不闲[5]。

鼂骋骛兮江皋，夕弭节兮北渚[6]。鸟次兮屋上，水周兮堂下[7]。捐余玦兮江中，遗余佩兮澧浦[8]。采芳洲兮杜若，将以遗兮下女[9]。时不可兮再得，聊逍遥兮容与[10]。

【注释】

〔1〕櫂(zhào)：船桨。兰：木兰。枻(yì)：船舵。斫(zhuó)：凿。斫冰积雪：言船破浪飞驰，激起的浪花如堆堆积雪。

〔2〕搴(qiān)：拔。木末：树梢。薜荔长于陆地，芙蓉生在水中，采薜荔于水

中，搴芙蓉于木末，犹缘木求鱼，必然一无所得，比喻求爱的困难。

〔3〕媒劳：媒人徒劳无用。恩不甚：指男女双方感情不深。

〔4〕石濑(lài)：沙石间的流水。

〔5〕交不忠：交朋友却不忠诚。怨长：产生的怨恨多。期：约会。

〔6〕鼌(zhāo)：同“朝”，早晨。骋骛(chěng wù)：急速奔走。江皋(gāo)：江边高地。弭(mǐ)节：指停车。弭，止。节，指行车之节度。北渚(zhǔ)：江北的小洲。

〔7〕次：栖宿。

〔8〕捐：抛弃。玦(jué)：圆形而有缺口的佩玉。玦与“决”同音，有表示决断、决绝之义。遗：抛弃。醴：同“澧”，即澧水，在今湖南省，流入洞庭湖。

〔9〕杜若：香草名。遗(wèi)：赠送。下女：指湘君的侍女。捐玦遗佩，是为了表示决绝，但爱情难断，故又采杜若以寄情。不直接说送给湘君，而说送给下女，是为了表示对湘君的尊敬。

〔10〕容与：缓慢不前的样子。

【译文】

桂木的桨啊木兰做的舵，激起层层浪花向前飞驰。迎湘君好像水中采薜荔，又好比上树梢攀摘荷花。两人啊心儿不同媒徒劳，彼此间恩爱不深易轻抛！沙石间的流水啊浅又浅，水上行驶的龙舟快如飞。相交不忠贞怨恨必然深，不守时失约还说没空闲。

清晨我奔波江岸不辞劳，傍晚啊停宿小岛心烦躁。一群小鸟栖息在屋檐下，淙淙流水环绕在台阶前。我要把玉佩抛到江里去，我要把琼琚丢在澧水旁。我采摘香花香草香岛上，要送给我身旁的好姑娘。良辰美景从此一去不返，我暂自由自在漫步散心。

湘　夫　人

【题解】

《湘夫人》以湘君的口气表现这位湘水男神对湘夫人的怀恋，表现了他对爱情的忠贞。

【原文】

帝子降兮北渚，目眇眇兮愁予[1]。袅袅兮秋风，洞庭波兮木叶下[2]。

登白薠兮骋望，与佳期兮夕张[3]。鸟何萃兮蘋中，罾何为兮木上[4]？

沅有茝兮澧有兰，思公子兮未敢言[5]；荒忽兮远望，观流水兮潺湲[6]。

麋何食兮庭中？蛟何为兮水裔[7]？朝驰余马兮江皋，夕济兮西澨[8]。闻佳人兮召予，将腾驾兮偕逝[9]。

【注释】

〔1〕帝子：湘君称湘夫人之词，因为湘夫人是帝尧的女儿，所以称为帝子。眇眇（miǎo）：极目远望的样子。

〔2〕袅袅（niǎo）：长弱貌，这里形容秋风微弱。

〔3〕白薠（fán）：一种秋天生长的小草，湖泽岸边多有之。登白薠：登上长着白薠的地方。夕张：指傍晚时摆设好会面用的物品。张，陈设。

〔4〕萃（cuì）：聚集。罾：（zēng）：鱼网。此言鸟为什么聚集水草上，鱼网为什么挂在树上？

〔5〕茝（chǎi）：白芷，香草名。醴：同“澧”，指澧水。公子：同帝子，指湘夫人。

〔6〕荒忽：同“恍惚”，模糊不清。

湘君、湘夫人

〔7〕麋（mí）：驼鹿。庭中：庭院里。水裔：水边。裔，本义衣下摆，引申为边。

〔8〕澨（shì）：水边。

〔9〕腾驾：飞快地驾车。偕逝：一同前往。

【译文】

湘夫人降临北洲，望眼欲穿心忧伤。秋风轻轻天气凉，洞庭波漾叶枯落。踩着白薠目远望，约会就在今晚上。为何山鸟聚水草？为何鱼网张树梢？沅有茝草澧有兰，心想夫人口难开。神思迷惘向远望，只见流水慢慢淌。为何麋鹿院寻食？为何蛟龙戏河岸？清晨打马在江边，傍晚渡到江西岸。听说夫人来相召，我将驾车同前往。

【原文】

筑室兮水中，葺之兮荷盖[1]。荪壁兮紫坛，播芳椒兮成堂[2]。

桂栋兮兰橑，辛夷楣兮药房[3]。罔薜荔兮为帷，擗蕙櫋兮既张[4]。

白玉兮为镇，疏石兰兮为芳[5]。芷葺兮荷屋，缭之兮杜衡[6]。

合百草兮实庭，建芳馨兮庑门[7]。九疑缤兮并迎，灵之来兮如云[8]。

捐余袂兮江中，遗余褋兮醴浦[9]。搴汀洲兮杜若，将以遗兮远者[10]。时不可兮骤得，聊逍遥兮容与[11]。

【注释】

〔1〕葺(qì)：原指用茅草苫盖房屋，此指盖房屋。荷盖：用荷叶覆盖屋顶。

〔2〕荪壁：用荪草装饰墙壁。荪，香草名。紫坛：以紫贝铺砌庭院。紫，指紫贝。坛，中庭，楚人谓中庭为坛。播：敷布。

〔3〕桂栋：用桂木做正梁。栋，脊檩，正梁。兰橑：用木兰做屋椽。 橑(lǎo)，屋椽。辛夷：香木名。药房：用白芷装饰卧室。药，即白芷。

〔4〕罔：同“网”，编结。擗(pǐ)：析开。 櫋(mián)：旧注为屋联，即今室中之隔扇。既张：已经陈设好了。

〔5〕镇：同“瑱”，压坐席的玉瑱。疏：疏散，陈列。

〔6〕芷：白芷，香草。杜衡：香草名。

〔7〕建：陈列，设置。芳馨(xīn)：芳香之物。馨，散布很远的香气。庑(wǔ)：走廊。庑门：指庑与门。

〔8〕九疑：即九嶷山，又名苍梧山。这里的九嶷，指九嶷山的众神。

〔9〕袂(mèi)：王逸《楚辞章句》：“衣袖也。” 褋(dié)：禅衣，指贴身穿的汗衫。

〔10〕搴(qiān)：拔取。汀(tīng)洲：水中平地。远者：远方之人，指湘夫人。

〔11〕骤得：一下子得到。

【译文】

宫殿建筑在水中，荷叶盖在屋顶上。荪草墙壁紫贝院，四壁涂椒作厅堂。木兰做椽桂做梁，辛夷做门白芷房。薜荔草编大帐幔，拉上香蕙草隔扇。白玉压席镇四角，陈设石兰一片香。荷叶屋顶香芷盖，芬芳杜衡绕房屋。各种香草充庭院，各色香花列门前。九嶷众神纷纷降，为迎夫人神如云。我把外衣抛江中，内衣丢在澧水旁。我摘香花小洲上，送给远方好姑娘。良辰美景不再有，暂且自由度时光。

大 司 命

【题解】

大司命是掌管人类寿夭、生死的天神。本篇由男巫扮神，女巫伴唱。

【原文】

广开兮天门，纷吾乘兮玄云[1]。令飘风兮先驱，使涷雨兮洒尘[2]。

君回翔兮以下，逾空桑兮从女[3]。纷总总兮九州，何寿夭兮在予[4]。

高飞兮安翔，乘清气兮御阴阳[5]。吾与君兮斋速，导帝之兮九坑[6]。

灵衣兮被被，玉佩兮陆离[7]。壹阴兮壹阳，众莫知兮余所为[8]。

【注释】

〔1〕纷：多貌。形容玄云。玄云：黑云。

〔2〕飘风：即旋风。先驱：在前开路。涷（dōng）雨：暴雨。洒尘：洒水静尘。

〔3〕君：对大司命的尊称。空桑：神话中的山名。

〔4〕纷总总：盛多的样子。言九州人口众多。予：大司命自称。

〔5〕清气：天空中清明之气，即天地之正气。御：驾驭。

〔6〕吾：女巫自指。与：跟从。斋速：即斋遬，虔诚恭敬的样子。九坑：即九州，泛指人世间。

〔7〕灵衣：神衣。被被：同“披披”，飘动的样子。

〔8〕壹阴壹阳：或阴或阳，变幻莫测。余：大司命自指。

【译文】

（男）快把天门大大开，我要乘乌云下来。命令旋风作先导，命令暴雨除尘埃。

（女）你盘旋降临下界，我越过空桑跟随。（男）九州人众千千万，他们寿夭我主宰。

（女）高高地安闲飞翔，乘清气驾驭阴阳。我和你恭迎上帝，带之灵威来世上。

（男）身上神衣徐徐飘，腰间玉佩闪光亮。灵光忽隐又忽现，谁也不知我天机。

【原文】

折疏麻兮瑶华，将以遗兮离居[1]。老冉冉兮既极，不寖近兮愈疏[2]。

乘龙兮辚辚，高驰兮冲天[3]。结桂枝兮延伫，羌愈思兮愁人[4]。

愁人兮奈何，愿若今兮无亏。固人命兮有当，孰离合兮可为[5]？

【注释】

〔1〕疏麻：神麻。瑶华：玉色的花。遗(wèi)：赠给。离居：离居的人，指大司命。

〔2〕寖(jìn)近：逐渐亲近。

〔3〕辚辚：车声。

〔4〕羌：发语词，楚方言。

〔5〕若今无亏：犹言及时珍重。固：本来。当：定规。

大司命、少司命

【译文】

（女）折下神麻玉色花，送给隐者远离家。人渐老矣趋垂暮，不亲近他更生疏。

神君驾龙车声隆，迅速奔驰向天空。编结桂枝左右盼，越是想他越伤心。

忧愁使人无办法，愿他珍重像如今。人之寿命本定数，悲欢离合岂由人？

少司命

【题解】

少司命是掌管人间生儿育女的天神，与大司命是一对。本篇是巫的独唱。

【原文】

秋兰兮麋芜，罗生兮堂下[1]。绿叶兮素华，芳菲菲兮袭予[2]。夫人兮自有美子，荪何以兮愁苦[3]？

秋兰兮青青，绿叶兮紫茎[4]。满堂兮美人，忽独与余兮目成[5]。

入不言兮出不辞，乘回风兮载云旗[6]。悲莫悲兮生别离，乐莫乐兮新相知[7]。

荷衣兮蕙带，儵而来兮忽而逝[8]。夕宿兮帝郊，君谁须兮云之际[9]。

【注释】

〔1〕麋(mí)芜：香草名，七八月间开白花，香气浓郁。罗生：并列而生。

〔2〕素华：即白花。

〔3〕美子：美好的儿女。古代男女均可称子。荪：香草名，借指少司命。

〔4〕青青：通“菁菁(jīng)”，草木茂盛的样子。

〔5〕美人：指参加祭祀的人们。目成：指两心相悦，用目光互相传达情意。

〔6〕入不言兮出不辞：少司命进来时不说话，离开时没有告辞。

〔7〕这两句言少司命去后人的悲哀。人生最大的悲哀莫过于和相爱的人生生分离，人生最大的欢乐莫过于有了新的知心人。

〔8〕荷衣、蕙带：指少司命的服饰。儵(shū)：同“倏”，忽然。

〔9〕须：等待。

【译文】

芬芳秋兰白麋芜，祭堂四周并列生。绿色叶子白色花，香气浓郁沁肺腑。人人自有好儿女，何必愁苦多挂怀。

秋天兰花真茂盛，绿叶紫茎郁葱葱。满堂人都倾慕你，惟独对我送真情。

来时默默走无言，乘风驾云上天庭。悲哀莫过情人别，欢乐莫过人团聚。荷叶做衣蕙做带，匆匆而来飘天外。傍晚投宿在天郊，云端又把谁等待？

【原文】

与女沐兮咸池，晞女发兮阳之阿[1]。望美人兮未来，临风怳兮浩歌[2]。

孔盖兮翠旍，登九天兮抚彗星[3]。竦长剑兮拥幼艾，荪独宜兮为民正[4]。

【注释】

〔1〕女：同“汝”，少司命。咸池：神话中水名，太阳洗澡的地方。晞(xī)：晒干。

〔2〕怳(huāng)：同“恍”，失意的样子。浩歌：大声歌唱。

〔3〕孔盖：用孔雀羽毛做的车盖。翠旍(jīng)：用翡翠鸟的羽毛做的旌旗。旍，同“旌”。九天：古代神话说天有九重，所以称九天。

〔4〕竦(sǒng)：执，举起。幼艾：美丽样。艾，美好。荪：少司命。正：主宰。

【译文】

想与你同浴咸池，想与你晾发旸谷。盼望你啊你不来，迎风高歌神恍惚。孔雀车盖翡翠旗，高登九天扫彗星。高举长剑护儿童，惟你才是人之主。

东　君

【题解】

本篇是祭祀太阳神的乐歌。

【原文】

暾将出兮东方，照吾槛兮扶桑[1]。抚余马兮安驱，夜皎皎兮既明[2]。

驾龙辀兮乘雷，载云旗兮委蛇[3]。长太息兮将上，心低佪兮顾怀[4]。羌声色兮娱人，观者憺兮忘归[5]。

縆瑟兮交鼓，箫钟兮瑶簴[6]。鸣篪兮吹竽，思灵保兮贤姱[7]。翾飞兮翠曾，展诗兮会舞[8]。应律兮合节，灵之来兮蔽日[9]。

青云衣兮白霓裳，举长矢兮射天狼[10]。操余弧兮反沦降，援北斗兮酌桂浆[11]。撰余辔兮高驰翔，杳冥冥兮以东行[12]。

【注释】

〔1〕暾(tūn)：初升的太阳。槛(jiàn)：栏干。

〔2〕安驱：安详地驾车。皎：光明貌。

〔3〕辀(zhōu)：车辕，这里代车。龙辀：即龙车。雷：借指车声。委蛇(yí)：即逶迤，舒卷蜿蜒的样子。

〔4〕太息：叹息。低佪：依恋不舍的样子。

〔5〕声色：指东君的车声旗色。观者：指观看日出的人。憺(dàn)：安静。

〔6〕縆(gēng)瑟：绷紧琴瑟上的弦。交鼓：相对击鼓。箫：应作"橚"（用闻一多说），敲击。瑶：即"摇"。簴(jù)：悬挂钟磬的木架。

〔7〕篪(chí)：同"箎"，竹制的吹奏乐器，形似笛，有八孔。竽：形似笙，也是吹奏乐器。贤姱(kuā)：贤惠而美好。

〔8〕翾(xuān)飞：鸟儿轻飞滑翔的样子。翠：翡翠鸟。曾：通"翻"，举起翅膀。"翾飞翠曾"，言巫女舞姿翩跹像翠鸟展翅飞舞一样。展诗：展开诗章来唱。会舞：合舞。

〔9〕灵：指众神。

〔10〕青云衣兮白霓裳：以青云为衣，白霓为裳。矢："弧矢"，星座名。共有九星，形似弓箭，名为天弓，主防盗贼。

〔11〕弧：木弓，这里也是星名。与矢星合称弧矢。沦降：指太阳降落西方。援：拿起。北斗：星名，共七星，这里比喻酒斗。酌：舀取。

〔12〕撰：抓住。杳：深远。冥冥：黑暗。

【译文】

（男）红色的旭日将出自东方，红光照耀我的栏干扶桑。我控制着龙马从容前进，黑夜渐渐消退露出曙光。

我乘驾的龙车声音如雷，车四周的云彩飘浮动荡。声声长叹我将向上升起，心中迟疑不决常把头回。我的声势容采令人陶醉，人们乐而忘返对我瞻仰。

（众）琴瑟急奏鼓对敲，钟磬齐鸣钟架摇。吹起篪啊吹起竽，东君贤德多美好。轻盈起舞舞步急，唱诗合舞好热闹。歌合律来舞合拍，众神纷纷降临了。

（男）身穿青云上衣白霓裙裳，手持长长利箭直射天狼。操起弧矢渐渐往西下降，举起北斗盛满桂花酒浆。驾着我的龙车继续奔驰，在茫茫黑夜里奔向东方。

河　　伯

【题解】

河伯为黄河之神。本篇是歌唱黄河之神的诗。

【原文】

与女游兮九河，冲风起兮水横波[1]。乘水车兮荷盖，驾两龙兮骖螭[2]。

登昆仑兮四望，心飞扬兮浩荡[3]。日将暮兮怅忘归，惟极浦兮寤怀[4]。

鱼鳞屋兮龙堂，紫贝阙兮珠宫，灵何为兮水中[5]？乘白鼋兮逐文鱼，与女游兮河之渚，流澌纷兮将来下[6]。

与子交手兮东行，送美人兮南浦[7]。波滔滔兮来迎，鱼隣隣兮媵予[8]。

【注释】

〔1〕九河：黄河的总名。冲风：冲地而起的旋风。

〔2〕荷盖：以荷叶为车盖。骖（cān）：古时用四匹马驾车，中间的两匹马叫服，两边的两匹马叫骖，这里作动词用。

〔3〕昆仑：山名，传说为黄河的发源地。浩荡：水大貌。这里形容心情开朗。

〔4〕惟：思念。极浦：遥远的水边。

〔5〕龙堂：壁上画龙的厅堂。阙（què）：王宫前两边供眺望的楼。灵：指河伯。

〔6〕鼋（yuán）：大鳖。文鱼：有文彩的鱼。渚（zhǔ）：水中间的小块陆地。流澌：即流水。一说“流澌”是融化的冰块。

〔7〕交手：携手。南浦：南岸。

〔8〕隣：同“鳞鳞”，一个挨着一个。媵（yìng）：古代陪嫁的女子叫“媵”，这里作动词用，陪伴的意思。

【译文】

（男）和你同游黄河上，暴风骤起水翻卷。乘上水车荷为盖，两龙在中两螭旁。

（女）登上昆仑四面望，心胸开阔意高昂。暮色苍茫忘归去，思念远方怀家乡。

鱼鳞屋瓦壁画龙，紫贝楼阁珍珠宫，为何生活在水中？（男）乘着白鼋逐文鱼，与你同游河中岛，冰块随水纷纷流。

（女）执手话别将东行，我送你到南岸上。波涛滚滚来接我，鱼儿对对作伴航。

河　伯

山　鬼

【题解】

本篇为祭祀山神的乐歌，可能不是正神，所以称鬼。古今许多学者认为诗中所写的山中女神就是传说中的巫山神女瑶姬。

【原文】

若有人兮山之阿，被薜荔兮带女萝〔1〕。既含睇兮又宜笑，子慕予兮善窈窕〔2〕。

乘赤豹兮从文狸，辛夷车兮结桂旗〔3〕。被石兰兮带杜衡，折芳馨兮遗所思〔4〕。

余处幽篁兮终不见天，路险难兮独后来〔5〕。表独立兮山之上，云容容兮而在下〔6〕。

杳冥冥兮羌昼晦，东风飘兮神灵雨〔7〕。留灵修兮憺忘归，岁既晏兮孰华予〔8〕！

【注释】

〔1〕薜荔（bì lì）：一种蔓生植物。这里指用薜荔做的衣服。女萝：地衣类隐花植物，又名松萝。

〔2〕含睇（dì）：含情微视。宜笑：笑得很美。子：指山鬼思念的人。予：指山鬼。

〔3〕文狸：有花纹的狸猫。辛夷：木兰类的香木。

〔4〕被石兰：即用石兰做车盖。带杜衡：用杜衡做车的飘带。

〔5〕幽篁(huáng)：幽暗的竹林。

〔6〕表：特出的样子。容容：通作"溶溶"，水流貌，这里形容云气浮动的样子。

〔7〕杳(yǎo)：深远。羌：语助词，楚方言。昼晦：白天昏暗不明。神灵雨：雨神在降雨。

〔8〕憺(dàn)：安然，安心。岁既晏：年岁已老。孰华予：谁还爱我呢？

【译文】

好像有人在山坳，身披薜荔萝束腰。美目含情开口笑，温柔可爱形貌好。赤豹拉车文狸跟，辛夷做车桂枝旗。石兰车盖杜衡带，折下香花送给你。竹林深处不见天，崎岖路险来得晚。孤孤零零站山巅，云海茫茫脚下翻。白昼昏暗如在夜，东风飘飘降雨点。痴心等你不思返，红颜凋谢谁来盼！

【原文】

采三秀兮于山间，石磊磊兮葛蔓蔓[1]。怨公子兮怅忘归，君思我兮不得闲[2]。

山中人兮芳杜若，饮石泉兮荫松柏[3]。君思我兮然疑作[4]。

雷填填兮雨冥冥，猿啾啾兮狖夜鸣[5]。风飒飒兮木萧萧，思公子兮徒离忧[6]。

【注释】

〔1〕三秀：灵芝草，灵芝一年三次开花，故称"三秀"。于山：即巫山。磊磊(lěi)：乱石堆积的样子。

〔2〕公子：亦指山鬼思念的人。

〔3〕山中人：山鬼自称。芳杜若：像香草杜若一样芬芳。荫松柏：住在松柏树下。言居处的清幽。

〔4〕然疑作：即半信半疑。

〔5〕填填：雷声。雨冥冥：下雨时天色昏暗不明。啾啾(jiū)：猿叫声。狖(yòu)：黑色长尾猿。

〔6〕离忧：遭受忧伤。离，通"罹"，遭受。

【译文】

采灵芝走遍巫山，山石磊磊葛蔓蔓。怨你失约我忘返，想我为何不得闲。

山中人如杜若纯，松柏下住饮泉水。是否想我难知真。

雷声隆隆细雨飘，夜猿啾啾声断肠。秋风飒飒黄叶飘，痴情思念徒自伤。

国　殇

【题解】

国殇是指为国牺牲的将士。未成人夭折谓之殇。《九歌》从《东皇太一》到《山鬼》，九篇所祭的都是自然界中的神衹，独最后这一篇《国殇》是祭人间为国牺牲的将士的。许多学者认为这和战国时秦楚战争有关，楚怀王时楚国多次和秦国交战，几乎每次都遭到惨重的失败。楚国人民为了保卫国家，抗击强秦，英勇杀敌，前赴后继。屈原写这篇作品就是为了歌颂楚国将士为保卫国家不惜牺牲、视死如归的英雄气概和豪迈精神。

【原文】

操吴戈兮被犀甲，车错毂兮短兵接[1]。旌蔽日兮敌若云，矢交坠兮士争先[2]。

凌余阵兮躐余行，左骖殪兮右刃伤[3]。霾两轮兮絷四马，援玉枹兮击鸣鼓[4]。天时怼兮威灵怒，严杀尽兮弃原野[5]。

出不入兮往不返，平原忽兮路超远[6]。带长剑兮挟秦弓，首身离兮心不惩[7]。

诚既勇兮又以武，终刚强兮不可凌[8]。身既死兮神以灵，魂魄毅兮为鬼雄[9]。

【注释】

〔1〕毂(gǔ)：车轮的轴头。车错毂：言交战双方的战车轮毂交错，战斗激烈。

〔2〕旌(jīng)：旌旗，旗的通称。

〔3〕凌：侵犯。躐(liè)：践踏。骖(cān)：古时用四匹马驾车，中间的两匹叫服，两旁的两匹叫骖。殪(yì)：死。刃伤：为兵刃所伤。

〔4〕霾(mái)：通“埋”。絷(zhí)：绊住。此句言：两个车轮陷在地里，四匹马像被绊住似的难以行动。援：拿着。玉枹(fú)：饰玉的鼓槌。

〔5〕怼(duì)：怨恨。威灵：神灵。严杀尽：指战斗残酷激烈，战士伤亡殆尽。

〔6〕忽：渺茫。超远：遥远。

〔7〕惩：悔恨。

〔8〕不可凌：言战士宁死不屈，志不可夺。

〔9〕神以灵：精神不死，神魂显灵。

【译文】

手持吴戈身披犀牛甲，车轮交错近距离厮杀。旌旗蔽日敌人多如云，乱箭交坠下将士争先。

敌冲我阵队列遭践踏，左骖倒地右服被刀扎。车轮深陷四马被拴住，鼓槌猛敲响鼓勇拼杀。苍天哀怨神灵也发怒，将士阵亡尸横荒山下。

勇士出征一去不复返，荒原茫茫道路多遥远。佩带长剑秦弓拿在手，身首分离雄心永不变。

勇敢顽强又英姿威武，从始到终刚强不可侵。肉体虽死而英灵显赫，英魂毅魄为鬼亦称雄。

礼　魂

【题解】

本篇是礼成送神之辞。魂，也就是神，它包括《九歌》前十篇所祭祀的天地神祇和人鬼。这首诗节奏轻快，洋溢着欢乐之情。

【原文】

成礼兮会鼓，传芭兮代舞，姱倡兮容与〔1〕。春兰兮秋菊，长无绝兮终古〔2〕。

【注释】

〔1〕成礼：指祭礼完成。传芭(bā)：互相传递花朵。芭，同“葩”，初开的花朵。代舞：轮番跳舞。姱(kuā)：美好。倡：通“唱”。

〔2〕长无绝：永不断绝。

【译文】

祭礼完成齐击鼓，鲜花频传轮番舞，美女高歌多安舒。春日兰花秋菊舞，永不凋谢垂千古。

天　问

屈　原

【题解】

《天问》是屈原作品中体制特异的一篇，无论在内容上还是在形式上均独具特点。全篇一千五百多字，三百七十余句，呵问成篇，一连提出有关自然现象、古史传说、神话故事等一百七十多个问题，对有关自然和历史的传统观念表示了大胆的怀疑。“天问”就是问天、向天问难的意思。关于此篇的写作时间向无定论，一般认为作于屈原被放逐之后。

【原文】

曰：遂古之初，谁传道之[1]？上下未形，何由考之？

冥昭瞢闇，谁能极之[2]？冯翼惟像，何以识之[3]？

明明闇闇，惟时何为[4]？阴阳三合，何本何化[5]？

【注释】

〔1〕遂古：往古，远古。遂，通“邃”，辽远的意思。

〔2〕昭：“昒”的错字。刘盼遂《天问校笺》：“此昭字自属昒之误字。昒，《说文》尚冥也，也昧古通用。”瞢(méng)闇：暗昧不明。

〔3〕冯：满。冯翼：大气弥漫的样子。

〔4〕时：是。

〔5〕三：同“参”。参合：参错结合。

日月、三合、九重、八柱、十二分图

【译文】

试问：那远古开端的形态，是谁把它传述下来？天地都还没有形成，根据什么考察出来？

宇宙浑沌日夜未分，谁能够考究个明白？大气弥漫尚无形象，根据什么辨认出来？

白昼光明黑夜阴暗，其中过程又是怎样？阴阳结合产生万物，谁是本原谁是化生？

【原文】

圜则九重，孰营度之[1]？惟兹何功，孰初作之[2]？
斡维焉系？天极焉加[3]？八柱何当？东南何亏[4]？
九天之际，安放安属[5]？隅隈多有，谁知其数[6]？

【注释】

〔1〕圜：同“圆”，指天，古人误认天是圆的。
〔2〕兹：此。功：同“工”。
〔3〕斡(wò)：枢纽。维：绳。加：犹“架”。
〔4〕八柱：古代传说天有八根柱子支撑着。
〔5〕九天：指天的中央和八方。属：连属。
〔6〕隈：弯曲处。《淮南子·天文训》：“天有九野，九千九百九十九隅。”

【译文】

浑圆天盖共有九层，是谁把它度量经营？这是何等的大工程，当初是谁创造完成？

枢纽上绳子拴何处？天的顶端架在哪里？八根擎天柱在何方？地势为何东南偏低？

天体中央八方之间，怎样安放怎样相连？天边角落曲折无数，谁知它的详细数目？

【原文】

天何所沓？十二焉分[1]？日月安属？列星安陈[2]？
出于汤谷，次于蒙汜[3]，自明及晦，所行几里？
夜光何德，死则又育[4]？厥利维何，而顾菟在腹[5]？

【注释】

〔1〕沓：通“踏”，履。
〔2〕属：附属。
〔3〕蒙：古代神话中水名。汜：水边。
〔4〕夜光：月亮的别名。
〔5〕厥：其，指月亮。顾菟：闻一多《天问释义》谓蟾蜍之异名。

【译文】

天体立足什么地方？怎样划分十二星区？日月怎么悬挂天上？群星如何罗列这样？

太阳初从旸谷升起，蒙水岸边停下休息，天亮开始天黑结束，一天奔行多少里路？

月亮凭借什么功德，死后竟能再次复活？究竟贪图什么好处，腹中竟藏一只蟾蜍？

【原文】

女歧无合，夫焉取九子〔1〕？伯强何处？惠气安在〔2〕？

何阖而晦？何开而明？角宿未旦，曜灵安藏〔3〕？

不任汩鸿，师何以尚之〔4〕？佥曰何忧，何不课而行之〔5〕？

【注释】

〔1〕女歧：神话传说中的人名，传说她无夫而生九子。

〔2〕伯强：即禺强，风神。惠气：祥和之气。

〔3〕角宿：星座名，二十八宿之一，包括两颗星，早晨位在东方。曜灵：太阳。

〔4〕汩(gǔ)：治水。鸿：古通“洪”，洪水。师：众人。

〔5〕佥：皆。课：试。

【译文】

女歧从未婚配别人，怎能生育九个小孩？风神伯强住在何处？祥和之风哪里吹来？

为何天门一关就黑？为何天门一开就亮？天门未开那个时候，太阳藏身又在何处？

鲧不胜任治理洪水，大家为何还推举他？人人都说“洪水何忧”，为何对他不试再用？

【原文】

鸱龟曳衔，鲧何听焉〔1〕？顺欲成功，帝何刑焉〔2〕？

永遏在羽山，夫何三年不施〔3〕？伯禹愎鲧，夫何以变化〔4〕？

纂就前绪，遂成考功[5]。何续初继业，而厥谋不同[6]？

【注释】

〔1〕鸱：鸱鸺，猫头鹰之类的鸟。曳衔：牵引衔接。

〔2〕顺欲：顺从众人的期望。

〔3〕羽山：神话山名。施：通"弛"，不弛，没有毁坏的意思，指鲧尸三年不腐。

〔4〕愎：一本作"腹"，译文从之。此句言禹从鲧的肚中出生。

〔5〕纂：继。绪：事业。

〔6〕谋：指治水的方法。

【译文】

鸱龟相互连接拖拉，鲧为何听从任由之？想顺应众望治好水，尧为何还要诛罚他？

尸体抛弃在羽山啊，为何三年还不腐烂？禹竟从鲧腹中出来，怎么产生这样变化？

大禹继承前人事业，终把父亲功业完成。为何都做相同事情，大禹采取不同方法？

【原文】

洪泉极深，何以窴之[1]？地方九则，何以坟之[2]？

河海应龙，何尽何历[3]？

鲧何所营？禹何所成？康回冯怒，坠何故以东南倾[4]？

【注释】

〔1〕洪泉：大水渊，指洪水。窴：同"填"。

〔2〕九则：九等。坟：区分。《尚书·禹贡》载禹划分九州的土地为九等。

〔3〕应龙：有翼的龙。

〔4〕康回：共工。冯：通"凭"，大。坠：古"地"字。

【译文】

洪水源泉深不可测，什么能够填塞住它？全国土地分为九等，根据什么进行分划？

应龙怎样用尾划地，江河经过何方方流下？

鲧经营了哪些事情？禹又完成哪些工作？共工大怒头触不周，大地怎就东南倾斜？

【原文】

九州安错？川谷何洿[1]？东流不溢，孰知其故[2]？
东西南北，其修孰多？南北顺墮，其衍几何[3]？
昆仑县圃，其凥安在[4]？增城九重，其高几里[5]？

【注释】

〔1〕错：通“厝”，安置。洿：深。

〔2〕溢：满。《列子》：“渤海之东，不知几亿万里，有大壑焉，实惟无底之谷，名曰归墟，八纮（紘）九野之水，天汉之流，莫不注之，而无增无减焉。”

〔3〕墮：同“椭”，扁长。衍：余。

〔4〕县圃：神话地名，在昆仑山巅。凥：古“居”字。

〔5〕增城：神话中城名，在昆仑山县圃。

【译文】

全国九州如何设置，河流水道为何之深？百川东流海却不满，谁能知道原因在哪？

大地东西南北距离，哪个更长哪个更大？顺着南北地形狭长，它比东西要长多少？

昆仑山上有个县圃，它到底坐落在何山？昆仑山上九层增城，它究竟有多少高度？

【原文】

四方之门，其谁从焉[1]？西北辟启，何气通焉[2]？
日安不到，烛龙何照[3]？羲和之未扬，若华何光[4]？
何所冬暖？何所夏寒？焉有石林？何兽能言？
焉有虬龙，负熊以游？

【注释】

〔1〕四方之门：指昆仑山的门。

〔2〕辟：同“闢”，开。气：风。

〔3〕烛龙：神话中神名，人面蛇身，赤色，以目照明。
〔4〕羲和：神话中为太阳驾车的神。若华：若木的花。

焉有石林？何兽能言？

【译文】

昆仑山上四方大门，什么东西进进出出？打开昆仑西北大门，是什么风从此通过？

什么地方光照不到？烛龙所照又是何处？太阳车夫还未扬鞭，若木之花为何发光？

什么地方冬天温暖？什么地方夏天寒冷？哪里石头构成森林？什么野兽能够说话？

哪里会有无角虬龙？驮着黄熊河海出游？

【原文】

雄虺九首，倏忽焉在[1]？何所不死？长人何守[2]？
靡蓱九衢，枲华安居[3]？一蛇吞象，厥大何如[4]？
黑水玄趾，三危安在[5]？延年不死，寿何所止[6]？

【注释】

〔1〕倏：忽，疾貌。
〔2〕长人：指防风氏。
〔3〕靡蓱(píng)：蓱通“萍”，草名。衢：路，引申为杈。九衢：指一枝多杈。枲(xǐ)：麻。
〔4〕蛇吞象：《山海经·海内南经》：“巴蛇食象，三岁而出其骨。”
〔5〕黑水：水名。玄趾：玄趾，即黑水（见毛奇龄《天问补注》）。三危：地名。
〔6〕延年不死：谓三危国人长寿不死。

【译文】

哪里雄蛇有九个头，快似闪电风声飕飕？在哪里有不死之国？那里巨人看守什么？

哪里靡萍一枝多杈？哪里生长奇异枲麻？一条巨蛇能吞大象，那么它到底有多大？

黑水可以染人手脚，三危山在哪个位置？那里的人长寿不死，他们到底活到哪天？

【原文】

鲮鱼何所，鬿堆焉处[1]？羿焉弹日？乌焉解羽[2]？

禹之力献功，降省下土四方[3]。焉得彼涂山女，而通之于台桑[4]？

闵妃匹合，厥身是继[5]。胡为嗜不同味，而快朝饱[6]？

【注释】

〔1〕鲮鱼：亦作陵鱼。鬿(qí)堆：即鬿雀，一种食人的怪鸟。

〔2〕羿：传说尧时英雄，善射。弹(bì)：射。乌：金乌，传说是日中的三足乌。

〔3〕力献功：以勤力进献其功。献功，指治水的功绩。下土四方：指天下。

〔4〕台桑：桑间野地。

〔5〕妃、匹、合：均为配偶的意思。

〔6〕快：满足。饱：疑当作“饥”。朝饥，男女会合之隐语。

【译文】

哪里鲮鱼人面鱼身？吃人鬿雀呆在何方？后羿为何要射太阳？乌鸦羽毛散失何方？

大禹全力投入治水，还来视察各地情况。怎么遇到涂山姑娘，大禹和她私通台桑？

伉俪恩爱与他结合，为了传宗才会这样。他与涂山族类不同，为何还贪一时欢畅？

【原文】

启代益作后，卒然离蠥[1]。何启惟忧，而能拘是达[2]？

皆归䠶籍，而无害厥躬[3]。何后益作革，而禹播降[4]？

启棘宾商，《九辩》《九歌》[5]。何勤子屠母，而死分竟地[6]？

【注释】

〔1〕益：禹臣。后：国君。卒然：终于。离：同“罹”，遭。蠥：同“孽”，忧患，灾祸。

〔2〕惟：刘盼遂《天问校笺》："惟乃罹之借，惟忧犹离罹也。"达：通"㒓"，逃脱。

〔3〕躲(shè)：当作"躬"。鞫：同"鞠"。射鞠：鞠躬，谨敬之意。

〔4〕作革：变革，更替。播降：留下后代，指禹留下后代子孙。

〔5〕棘：通"急"。宾：通"嫔"，美女。

〔6〕勤子：厚待儿子。屠母：传说禹妻涂山女化为石，禹呼："归我子！"石破而生启。竟：委弃。

【译文】

夏启取代伯益称王，不料突然遭到攻击。为什么启当初落难，能够从监狱中逃离？

益的部下交出武器，因而对启无所损伤；禅让为何伯益失败，大禹统治却能繁昌？

夏启急奉美女上天，《九辩》《九歌》带回地上，为何夏启出生杀母，使她尸骨分裂而亡？

【原文】

帝降夷羿，革孽夏民[1]。胡躲夫河伯，而妻彼雒嫔[2]？

冯珧利决，封豨是躲[3]。何献蒸肉之膏，而后帝不若[4]？

浞娶纯狐，眩妻爰谋[5]。何羿之躲革，而交吞揆之[6]？

【注释】

〔1〕夷羿：就是羿，善射。孽：灾祸。

〔2〕躲：古"射"字。雒：同"洛"，雒嫔，即洛水女神宓妃。相传河伯化为白龙出游，被羿射瞎左眼。

〔3〕冯：同"凭"，满。珧(yáo)：蚌壳，这里指饰有贝壳的弓。决：套在右手拇指上钩弦发箭的器具，今称扳指。封豨(xī)：大野猪。

〔4〕蒸：祭祀。后帝：天帝。若：顺。

〔5〕浞：寒浞，后羿的相。纯狐：纯狐氏之女，后羿的妻室。眩妻：即玄妻，纯狐氏女名。爰：于是。

〔6〕躲革：躲，"射"的异体字。传说羿能射穿第七层皮革，此形容羿善射力大。交：合力。吞揆(kuí)：吞灭。

【译文】

上帝派出夷羿下凡，为解夏朝百姓忧虑；羿为何要射瞎河伯，霸占洛水女神为妻？

夷羿凭借好弓善射，巨大野猪应声而亡；为何肥美之肉献祭，上帝也不领情赏光？

寒浞想娶羿妻纯狐，纯狐设下杀夫毒计；羿能射穿七层皮革，怎遭暗算烹成肉汤？

【原文】

阻穷西征，岩何越焉[1]？化为黄熊，巫何活焉[2]？

咸播秬黍，莆雚是营[3]。何由并投，而鲧疾修盈[4]？

白蜺婴茀，胡为此堂[5]？安得夫良药，不能固臧[6]？

【注释】

〔1〕阻穷：阻绝，此句是说把鲧永囚禁在羽山，不准西行。

〔2〕黄熊：《左传·昭公七年》："昔尧殛鲧于羽山，其神化为黄熊。"

〔3〕秬：黑黍。莆：同"蒲"，水草。雚(guàn)：芦苇一类植物。营：耕种，经营。

〔4〕并：读作"屏"。屏投：屏弃。修盈：指鲧罪恶之多。

〔5〕蜺：同"霓"。白霓：形容衣裳。婴茀：女子首饰。婴，系于颈。茀，首饰。堂：指羿藏不死之药之堂。

〔6〕良药：《淮南子·览冥训》："羿请不死之药于西王母，嫦娥窃以奔月。"

化为黄熊，巫何活焉？

【译文】

鲧困羽山不准西行，高山峻岭怎样越过？变成黄熊进入羽渊，神巫如何把他救活？

鲧使黑黍播满大地，清除水草经营管理；什么理由把他放逐，难道罪行不容饶恕？

王子乔白衣系首饰，怎到藏不死药之堂？崔文子安得失良药，为何不能好好保藏？

【原文】

天式从横，阳离爰死[1]。大鸟何鸣，夫焉丧厥体[2]？

蓱号起雨，何以兴之[3]？撰体协胁，鹿何膺之[4]？

鳌戴山抃，何以安之[5]？释舟陵行，何以迁之[6]？

【注释】

〔1〕式：法则。从：同“纵”。纵横：遍布，无处不在的意思。

〔2〕大鸟：指鼓和钦䲹。

〔3〕蓱(píng)：通“屏”，蓱翳的省称，雨师。

〔4〕撰：具。胁：两膀。这里指鹿生两翅。膺：承。此二句言风神。

〔5〕鳌(ào)：大龟。抃(biàn)：拍手，这里指四肢划动。

〔6〕释：放弃，舍弃。陵行：在陆地上行走。

【译文】

自然法则阴阳消长，阳气消失人就死亡。王子乔变鸟还鸣叫，他的躯体怎样消亡？

雨师屏翳主管降雨，但雨究竟如何兴起？风伯具有骈胁鹿身，从哪承受奇特形体？

鳖头顶大山四足游，神山怎能稳定不动？巨人弃船陆地行走，怎能钓去海中六鳖？

【原文】

惟浇在户，何求于嫂[1]？何少康逐犬，而颠陨厥首[2]？

女歧缝裳，而馆同爰止[3]。何颠易厥首，而亲以逢殆[4]？

汤谋易旅，何以厚之[5]？覆舟斟寻，何道取之[6]？

【注释】

〔1〕浇：寒浞之子。

〔2〕少康：夏国君相之子。浇杀相，后少康又杀浇。颠陨：掉落。

〔3〕女歧：浇嫂。止：宿。

〔4〕颠易厥首：王逸《章句》说：女歧与浇周舍同宿，少康夜袭浇，误杀了女歧的头。

〔5〕易旅：换上甲衣，此指制作甲衣。相传浇发明甲。

〔6〕斟寻：古国名。

【译文】

寒浇到嫂子的门上，他对嫂子有何要求？为何少康赶狗出猎，却能砍掉寒浇的头？

女歧给浇缝制衣裳，两人于是共宿同房；为什么会杀错脑袋，为了亲热遭到灾殃？

浇筹划制造新甲衣，靠什么才如此坚厚？浇灭斟寻击沉战船，运用什么战术计谋？

【原文】

桀伐蒙山，何所得焉〔1〕？妹嬉何肆，汤何殛焉〔2〕？

舜闵在家，父何以鱞〔3〕？尧不姚告，二女何亲〔4〕？

厥萌在初，何所亿焉〔5〕？璜台十成，谁所极焉〔6〕？

【注释】

〔1〕桀：夏代亡国之君。蒙山：古国名。

〔2〕妹嬉：桀的宠妃。殛（jí）：杀死。

〔3〕鱞：即"鳏"字。《尚书·尧典》："有鳏在下，曰虞舜。"舜三十岁，尚未娶妻。

〔4〕姚：舜姚姓，此指舜的父亲。二女：指尧的两个女儿娥皇、女英。

〔5〕亿：通"臆"，预料。

〔6〕璜台：玉台。十成：十层。

【译文】

夏桀兴兵攻伐蒙山，他都得到哪些东西？妹喜得宠怎样放肆，商汤为何把她诛杀？

虞舜在家蹙眉忧闷，父亲为何不让成家？尧事先没告诉舜家，两个女儿怎把舜嫁？

事物萌发就有征兆，后果如何不能预料？商纣建造十层玉台，谁早已把这事看透？

【原文】

登立为帝，孰道尚之[1]？女娲有体，孰制匠之[2]？

舜服厥弟，终然为害[3]。何肆犬体，而厥身不危败[4]？

吴获迄古，南岳是止[5]。孰期去斯，得两男子[6]？

【注释】

〔1〕立：古通“位”。道：通“导”，导引。

〔2〕女娲：传说中的女帝。《山海经 · 大荒西经》注：“女娲，古神女而帝者。”

〔3〕服：顺从。弟：指象，舜的异母弟。

〔4〕犬体：谓象之心术不正，犹如狗一样。

〔5〕获：得。迄古：终古，久远。止：居。

〔6〕去：离开。斯：指衡山。两男子：指太伯、仲雍。

女 娲

【译文】

上古之人登位为帝，根据什么来推举他？女娲人面蛇身形体，她的身体又是谁造？

舜对弟弟那么和蔼，终究还是被象谋害。为何象如狗般放肆，本身却没遭遇危败？

吴国得以长久存在，并且屹立江南地带。谁能预料这种情况，因为得到两位贤才？

【原文】

缘鹄饰玉，后帝是飨[1]。何承谋夏桀，终以灭丧[2]？

帝乃降观，下逢伊挚[3]。何条放致罚，而黎服大说[4]？

简狄在台，喾何宜[5]？玄鸟致贻，女何喜[6]？

【注释】

〔1〕缘：因，借助。缘鹄：就是做鹄羹。饰玉：谓嵌玉的鼎。后帝：指汤。

〔2〕承谋：接受谋略。

〔3〕帝：指汤。观：考察民情。伊挚：即伊尹，名挚。

〔4〕条：鸣条，地名。汤灭夏后把桀放逐鸣条。致罚：《尚书·汤誓》："致天之罚"，遭天帝之惩罚。黎服：黎民。服，"民"的误字。

〔5〕简狄：有娀氏女，帝喾妃，生契，契为商始祖。台：传说简狄未嫁时住在九层高楼上。宜：通"仪"，配偶。

〔6〕玄鸟：燕子。贻：赠送。喜：一本作"嘉"，当从，生子。

【译文】

天鹅和玉饰作祭器，精美肉肴献给上帝。本来他保佑的夏桀，却最后失去了社稷？

商汤来到民间视察，却在下面巧遇伊尹。汤把桀放逐到鸣条，民众诸侯为何心喜？

简狄住在九层瑶台，帝喾娶她为何适宜？凤凰给她送来聘礼，她为何心中很欢喜？

【原文】

该秉季德，厥父是臧[1]。胡终弊于有扈，牧夫牛羊[2]？

干协时舞，何以怀之[3]？平胁曼肤，何以肥之[4]？

有扈牧竖，云何而逢[5]？击床先出，其命何从[6]？

【注释】

〔1〕该：即"亥"，殷人祖先。秉：承。季：亥的父亲，即冥。臧：善。

〔2〕弊：败。有扈：当作"有易"。扈，"易"之误。

〔3〕干：盾牌，舞具。时：是。怀：思。

〔4〕平胁：胸部丰满。曼肤：皮肤润泽。肥："妃"的借字，匹配。

〔5〕牧竖：牧奴。竖，一种蔑称，犹言小子。这里指王亥。云：语助词。

〔6〕击床：指刺杀王亥。

【译文】

亥秉承父亲的美德，学习父亲为人善良；为何最后死在有易，还丧失牧人和牛羊？

王亥举着盾牌跳舞，为何让女人思慕他？姑娘长得丰满润泽，怎么长得这样漂亮？

有易放牧的那个人，怎么会发现了丑事？先把王亥杀死床上，这个命令是谁下的？

【原文】

恒秉季德，焉得夫朴牛[1]？何往营班禄，不但还来[2]？

昏微遵迹，有狄不宁[3]。何繁鸟萃棘，负子肆情[4]？

眩弟并淫，危害厥兄[5]。何变化以作诈，后嗣而逢长[6]？

【注释】

〔1〕恒：王亥弟。朴牛：大牛。

〔2〕班禄：即爵禄的意思。班，依次排列爵禄的等级。但：或谓“得”字之误。

〔3〕昏微：即上甲微，亥之子。遵迹：指继承王位。有狄：即有易。

〔4〕繁鸟：众鸟。萃：集。棘：荆棘。负子：疑指上甲微。

〔5〕眩弟：昏乱的弟弟。

〔6〕逢：迎，遇。

【译文】

王恒有其父的美德，哪里得到这些大牛？为何他去钻营爵禄，一去了就不再回头？

上甲微继承了父业，有易国人没有安宁；众目睽睽丑行难饰，他与儿媳纵欲忘情？

坏兄弟想奸淫嫂子，还想谋害他的兄长；为何诡计多端的人，最后却是子孙满堂？

【原文】

成汤东巡，有莘爰极[1]。何乞彼小臣，而吉妃是得[2]？

水滨之木，得彼小子[3]。夫何恶之，媵有莘之妇[4]？

汤出重泉，夫何辠尤[5]？不胜心伐帝，夫谁使挑之[6]？

【注释】

〔1〕有莘(shēn)：古国名。极：到。

〔2〕小臣：指伊尹。吉妃：美夫人，指有莘女。

〔3〕小子：指伊尹。

〔4〕媵(yìng)：陪嫁之人。

〔5〕重泉：地名，桀囚汤的地方。辠：古“罪”字。

〔6〕不胜心：不能克制愤怒之心。

【译文】

成汤到东部去巡视，一直走到了有莘国；为何他想讨到小臣，结果却得到了美人？

在那水滨的桑树中，拾到一个小孩抚养；为何有莘民讨厌他，把他作陪嫁给成汤？

成汤从重泉被释放，究竟有何罪要承当？汤大怒起兵伐夏桀，谁把他挑动成这样？

【原文】

会朝争盟，何践吾期〔1〕？苍鸟群飞，孰使萃之〔2〕？

列击纣躬，叔旦不嘉〔3〕。何亲揆发，定周之命以咨嗟〔4〕？

授殷天下，其位安施？反成乃亡，其罪伊何〔5〕？

【注释】

〔1〕朝(zhāo)：早晨。吾：通“晤”。

〔2〕苍鸟：鹰。喻伐纣的各路诸侯。萃：集。

〔3〕列：通“裂”。纣躬：纣的身体。叔旦：即周公，名旦，武王弟。

〔4〕揆：揆度。发：启行，指发兵伐纣。

〔5〕伊：是。

会朝争盟，何践吾期？

【译文】

诸侯甲子会聚誓师，他们为何按时而来？将士猛如群鹰搏击，谁使他们团结一致？

武王砍击纣王尸体，这让周公很不赞许；他为何帮武王谋划，完成天命后又叹息？

上帝把天下授给殷，是根据什么授予的？建立后又使它灭亡，殷朝的罪过在哪里？

【原文】

争遣伐器，何以行之[1]？并驱击翼，何以将之[2]？
昭后成游，南土爰底[3]。厥利维何，逢彼白雉[4]？
穆王巧梅，何为周流[5]？环理天下，夫何索求[6]？

【注释】

〔1〕伐器：指攻伐殷。器，神器，指殷政权。行之：部署行动。
〔2〕将：率领。
〔3〕昭后：周昭王，名瑕，康王子。成：遂。
〔4〕维：语助词。逢：迎。
〔5〕梅：当作“枚”，贪。周流：周行，周游。
〔6〕环理：周游巡视。

【译文】

诸侯争着派遣部队，这些力量如何调集？周军前进夹击两翼，怎么指挥将士出击？

周昭王去外面巡游，来到南方楚国境地。昭王南巡贪求什么？是为迎取白色野鸡。

那周穆王善于驰骋，为何他要游历天下？他驱马走遍了天下，他到底在寻觅什么？

【原文】

妖夫曳衒，何号于市[1]？周幽谁诛？焉得夫褒姒[2]？
天命反侧，何罚何佑[3]？齐桓九合，卒然身杀[4]？
彼王纣之躬，孰使乱惑[5]？何恶辅弼，谗谄是服[6]？

【注释】

〔1〕曳：牵引。衒：夸耀。号：叫卖。

〔2〕褒姒(sì)：周幽王后。
〔3〕反侧：反复无常。
〔4〕九合：多次同诸侯会盟。
〔5〕王纣：纣王。之躬：犹言这个人。
〔6〕辅弼：辅佐之臣。服：用。

【译文】

妖人夫妇搭档卖货，在市场上叫卖什么？周幽王到底诛伐谁？他怎样会得到褒姒？

天命多么反复无常！它究竟保佑或惩罚谁？齐桓公九次会诸侯，为何最后被人残杀？

那殷纣王的性情啊，是谁使他糊涂昏庸？为何厌恶那些贤臣，而重用谗谄的小人？

【原文】

比干何逆，而抑沈之〔1〕？雷开何顺，而赐封之〔2〕？

何圣人之一德，卒其异方〔3〕；梅伯受醢，箕子详狂〔4〕。

稷维元子，帝何竺之〔5〕？投之于冰上，鸟何燠之〔6〕？

【注释】

〔1〕比干：纣的叔父，因谏被杀剖心。
〔2〕雷开：纣时佞臣。
〔3〕一德：品德始终如一。异方：与常人不同的意思。
〔4〕梅伯：纣诸侯，因屡谏纣王被杀。醢(hǎi)：肉酱。箕子：纣臣，纣的叔父，封于箕，谏纣王不听，披发装疯。详：通“佯”。
〔5〕稷：后稷，名弃，周部族始祖。维：是。元子：长子。帝：天帝。竺：通“毒”，憎恶。
〔6〕投：弃。燠(yù)：温暖。

【译文】

比干触犯他了什么，受到压制埋没不用？雷开顺从纣王什么，而要受到赏赐拜封？

为何圣人美德相仿，最终结局却不相同；梅伯直谏成了肉酱，箕子则要披发装疯。

后稷是帝喾的长子，帝喾为何施以毒手？出生后被抛弃冰上，群鸟为什么保护他？

【原文】

何冯弓挟矢，殊能将之[1]？既惊帝切激，何逢长之[2]？

伯昌号衰，秉鞭作牧[3]。何令彻彼岐社，命有殷国[4]？

迁藏就岐，何能依[5]？殷有惑妇，何所讥[6]？

【注释】

〔1〕冯：挟。

〔2〕切激：激烈。逢长：兴旺长久。

〔3〕伯昌：即周文王，名昌。纣时被封为雍州伯。号衰：号令于殷朝衰落时期。秉鞭：喻执政。

〔4〕彻：通“撤”，毁坏。社：祭祀土地的庙，古时立国必立社，是政权的象征。

〔5〕藏：资财。

〔6〕惑妇：指纣王妃妲己。

【译文】

为何后稷擅长射箭，才能杰出带兵打仗？既然能让帝喾震惊，为何能兴盛而久长？

殷商末期文王号令，掌握大权不避辛劳。为何让他毁弃岐社，承受天命取代殷商？

带着财产迁居岐都，他们为何依附文王？纣王受到妲己迷惑，还有什么讥谏可讲？

【原文】

受赐兹醢，西伯上告[1]；何亲就上帝罚，殷之命以不救[2]？

师望在肆，昌何识[3]？鼓刀扬声，后何喜[4]？

武发杀殷，何所悒？载尸集战，何所急[5]？

【注释】

〔1〕受：纣的字。

〔2〕亲就：亲受。以：因而。

〔3〕师：太师。望：吕望。肆：店铺。

〔4〕鼓刀：钢(gàng)刀，刀在砺石上磨几下，使之锋利。后：指周文王。

〔5〕武发：周武王，名发。悒(yì)：忧郁，心里不痛快。这里是愤怒的意思。尸：神主牌。

鼓刀扬声，后何喜？

【译文】

纣给文王喝亲儿汤，姬昌便向上帝告状；纣王为何自找惩罚，殷朝无法避免灭亡？

吕望在朝歌开店铺，周文王怎么找到他？吕望敲刀叫卖之声，文王听到为何开心？

周武王砍下纣王头，为什么怒气那么大？载着文王灵牌打仗，为什么武王要心急？

【原文】

伯林雉经，维其何故[1]？何感天抑地，夫谁畏惧[2]？
皇天集命，惟何戒之[3]？受礼天下，又使至代之[4]？
初汤臣挚，后兹承辅[5]；何卒官汤，尊食宗绪[6]？

【注释】

〔1〕伯林：即柏林，纣王自焚的鹿台在柏树林中。雉经：缢死。

〔2〕感天抑地：感动天地。

〔3〕集命：降天命。

〔4〕礼：借为“理”，治理。

〔5〕兹：乃。承：受。

〔6〕食：享祭祀。宗绪：宗族系统。

【译文】

晋献公太子的自杀，是什么原因造成的？为什么能感天动地？又有谁会感到畏惧？

上天让君王登皇位，对君主要告诫什么？既然让他治理天下，为何派别人取代他？

当初商汤选择伊尹，又让他做辅佐臣僚；为何最后追配成汤，死后牌位享祭商庙？

【原文】

勋阖梦生，少离散亡[1]；何壮武厉，能流厥严[2]？
彭铿斟雉，帝何飨[3]？受寿永多，夫何久长？
中央共牧，后何怒[4]？蠭蛾微命，力何固[5]？

【注释】

〔1〕阖：春秋时吴王阖庐。梦：阖庐的祖父寿梦。生：同“姓”，子孙的意思。
〔2〕壮：长大。武厉：武勇凶猛。严：威。
〔3〕彭铿：即彭祖，名铿。斟：调和，这里指烹调。帝：指尧帝。飨：享用。
〔4〕“中央”二句：本事不详，闻一多谓当指周厉王为国人所逐，共和执政事。
〔5〕 蠭：同“蜂”。蛾：古“蚁”字。蜂蚁，指起义逐厉王的国人。

【译文】

阖庐是寿梦的长孙，年轻时遭排挤逃亡；为何长大英武奋发，赫赫威名远震四方？

彭祖擅长煮野鸡汤，尧帝为何乐于品尝？彭祖的寿命那么长，怎么还是嫌太短暂？

诸侯共同治理周朝，周厉王为什么生气？蚂蚁蜜蜂虽然微小，它们力量为何顽强？

【原文】

惊女采薇，鹿何祐？北至回水，萃何喜[1]？
兄有噬犬，弟何欲[2]？易之以百两，卒无禄[3]？
薄暮雷电，归何忧[4]？厥严不奉，帝何求[5]？

【注释】

〔1〕回水：河曲，这里代指首阳山。萃：聚。
〔2〕兄：指秦景公。弟：指景公弟鍼。
〔3〕两：辆。禄：爵禄。
〔4〕薄暮：傍晚。
〔5〕奉：保持。

【译文】

夷齐采薇被女人笑，神鹿为什么保佑他？他们向北来到首阳，为何喜欢留在这里？

秦景公有一条恶狗，他的弟弟为何想要？用一百辆车去交换，怎么最后丢了爵禄？

黄昏时候雷鸣闪电，想要回去何必生愁？丧失了自己的尊严，天帝还能要求什么？

【原文】

伏匿穴处，爰何云〔1〕？荆勋作师，夫何长〔2〕？悟过改更，我又何言？

吴光争国，久余是胜〔3〕，何环闾穿社，以及丘陵？是淫是荡，爰出子文〔4〕？吾告堵敖，以不长，何试上自予，忠名弥彰〔5〕？

【注释】

〔1〕穴处：住在山洞。爰：乃，于是。

〔2〕作师：兴兵打仗。

〔3〕吴光：吴公子光，即吴王阖庐。久余是胜：屡次战胜我国。

〔4〕闾、社：古代二十五家叫闾或社。子文：楚成王时令尹，郧国女未婚时与表兄斗伯比所生。

〔5〕堵敖：即熊艱，楚文王子。试：读作“弑”。上：指堵敖。予：通“与”。自予：指堵敖自立为王。

【译文】

隐伏荒野住宿山洞，对国事有什么话讲？楚王贪功大兴战争，国家命运怎么长久？如果改变后能醒悟，我又何必喋喋不休？

吴王与楚互相争战，屡次打仗战胜楚国。怎样绕过闾门村庄，一直跑到山丘密林，纵欲野合生下贤相？都说堵敖天命不长，为什么弑君而自立，忠义的名声天下扬？

九　章

屈　原

【题解】

《九章》是包括九篇诗歌的总题，主要是屈原流放汉北以及迁往江南期间所作的抒情诗歌。有人认为这些诗歌不是一时的作品，是由后人辑录在一起的。正如朱熹《楚辞集注》所说："后人辑之，得其九章，合为一卷，非必出于一时之言也。"至于这九篇作品什么时候编在一起，现在则不能确考。按王逸《楚辞章句》,《九章》的次序是：《惜诵》、《涉江》、《哀郢》、《抽思》、《怀沙》、《思美人》、《惜往日》、《橘颂》、《悲回风》。从各篇内容来看，这显然不是按写作时间先后排列的。

《九章》所表达的思想感情与《离骚》大体相近，但艺术方法不同。它更多的是采用写实的方法，叙述了诗人的生活片段和思想情绪，它是了解和研究屈原生平思想的重要材料。

惜　诵

【题解】

本篇叙述了诗人忠不见用的悲愤和苦闷。惜诵，是说以悼惜的心情来陈述过去的事情。估计是诗人被谗见疏后最早的作品。

【原文】

惜诵以致愍兮，发愤以抒情[1]。所作忠而言之兮，指苍天以为正[2]。

【注释】

〔1〕惜诵：惜，痛也。诵，陈述过去的事情。

〔2〕所作：古代誓词的习惯用语。正：同"证"，证明。

【译文】

痛苦地陈述往事，发泄忧思和愤懑。所言如果不真实，可让老天来做证。

【原文】

令五帝以折中兮，戒六神与向服[1]。俾山川以备御兮，命咎繇使听直[2]。

竭忠诚以事君兮，反离群而赘肬[3]。忘儇媚以背众兮，待明君其知之[4]。

言与行其可迹兮，情与貌其不变。故相臣莫若君兮，所以证之不远。

吾谊先君而后身兮，羌众人之所仇也[5]。专惟君而无他兮，又众兆之所雠也[6]。

壹心而不豫兮，羌不可保也。疾亲君而无他兮，有招祸之道也[7]。

思君其莫我忠兮，忽忘身之贱贫。事君而不贰兮，迷不知宠之门。

【注释】

〔1〕五帝：即五方神：东方太皞、南方炎帝、西方少昊、北方颛顼、中央黄帝。折中：中正公平的判断。与：同“以”。向：对。服：事。向服就是质对一件事理定其有罪与否。

〔2〕俾：使。山川：指名山大川之神。备御：陪侍，此谓陪审。咎繇（gāo yáo）：即皋陶，舜之士师，掌刑罚。听直：裁断是非曲直。

〔3〕赘肬（yóu）：肉瘤。

〔4〕儇（xuān）媚：轻佻谄媚。

〔5〕谊：同“义”。羌：楚地方言，发语词。

〔6〕惟：思，想。雠：同“仇”，指仇敌。

〔7〕疾：亟，极力的意思。

【译文】

命五帝来作判断，让六神和我对质。让山川之神陪审，让皋陶来当法官。

忠诚地侍奉国君，却遭到小人排挤。不愿学别人谄媚，只好等君王明白。

言与行可以印证，表里如一不改变。国君最了解臣子，他可以就近观察。

我主张先君后己，遭到群小的憎恨；我心中只有国君，竟然被众人仇视。

专一而毫不犹豫，却不能保全自己；迫切亲近君国别无他意，这却是招祸致患的道理。

没有人比我忠诚，哪怕会遭受贫困。对国君毫无贰心，不懂邀宠的门径。

【原文】

忠何罪以遇罚兮，亦非余心之所志[1]。行不群以巅越兮，又众兆之所咍[2]。

纷逢尤以离谤兮，謇不可释也[3]。情沉抑而不达兮，又蔽而莫之白也。

心郁邑余侘傺兮，又莫察余之中情[4]。固烦言不可结诒兮，愿陈志而无路[5]。

退静默而莫余知兮，进呼号又莫吾闻。申侘傺之烦惑兮，中闷瞀之忳忳[6]。

昔余梦登天兮，魂中道而无杭[7]。吾使厉神占之兮，曰："有志极而无旁[8]。"

"终危独以离异兮？"曰："君可思而不恃。故众口其铄金兮，初若是而逢殆[9]。

【注释】

〔1〕志：意料。

〔2〕巅越：殒坠，跌跤。咍：楚地方言，讥笑。

〔3〕謇：楚地方言，发语词。

〔4〕侘傺(chà chì)：失意的样子。

〔5〕诒：通"贻"，赠送。

〔6〕瞀(mào)：心绪烦乱。忳(tún)：愁闷的样子。

〔7〕杭：通"航"，渡船。

〔8〕厉神：大神，主杀罚，此指身附厉神的巫。极：穷，至。旁：辅佐。

〔9〕殆：危险。

吾使厉神占之兮。

【译文】

忠心何罪要受罚，实在出乎我意料。走正路却被绊倒，还遭到众人嗤笑。

责怪诽谤经常来，纵有百口难解释。心情沉闷不畅快，思想压抑难表达。

我心里深感不安，无人了解我的心。许多话难以表达，想面陈没有办法。

隐退觉默无人知，向前申诉无人听。心中疑惑很不安，十分忧伤心烦乱。

过去我梦见登天，到半路失去渡船。我请厉神占卜梦，他说："志向大没人帮。"

"难道始终要孤独？"他说："思念靠不住。群小谗言可熔金，从前这样才遇难。

【原文】

惩热羹者而吹齏兮，何不变此志也〔1〕？欲释阶而登天兮，犹有曩之态也〔2〕。

众骇遽以离心兮，又何以为此伴也〔3〕？同极而异路兮，又何以为此援也〔4〕？

晋申生之孝子兮，父信谗而不好〔5〕。行婞直而不豫兮，鲧功用而不就〔6〕。"

【注释】

〔1〕齏：用酱醋拌和切成细末的腌菜，是冷食品。

〔2〕曩：向，以往。

〔3〕骇遽：惊骇遑遽。伴：侣。

〔4〕同极：意为与众人同事一君。极，至。

〔5〕申生：春秋时晋献公之子。献公听信后妻骊姬的谗言，逼死申生。

〔6〕婞(xìng)直：刚直。鲧(gǔn)：大禹的父亲，治水不成被天帝所杀。用而：因而。

【译文】

被烫以后吹冷菜，为何不改变态度？不用梯子去登天，这样态度像从前。

众人惊慌心不齐，你又为何逞强？同事一君路不同，你又为何倔强？

晋国太子是孝子，父亲信谗逼死他。鲧的行为不变通，治水事业不成功。"

【原文】

吾闻作忠以造怨兮，忽谓之过言[1]。九折臂而成医兮，吾今而知其信然[2]。

矰弋机而在上兮，罻罗张而在下[3]。设张辟以娱君兮，愿侧身而无所[4]。

欲儃佪以干傺兮，恐重患而离尤[5]。欲高飞而远集兮，君罔谓汝何之[6]？

欲横奔而失路兮，盖志坚而不忍[7]。背膺牉以交痛兮，心郁结而纡轸[8]。

捣木兰以矫蕙兮，糳申椒以为粮[9]。播江离与滋菊兮，愿春日以为糗芳[10]。

恐情质之不信兮，故重著以自明[11]。矫兹媚以私处兮，愿曾思而远身[12]。

【注释】

〔1〕作忠：为忠，尽忠心。忽：忽略，不在意。过言：过分的话。

〔2〕九折臂而成医："三折肱知为良医"，与此意相同，谓多次折臂，积累了医治的经验，自己也就成了医生了。信然：果真如此。

〔3〕矰、弋：均为系着丝绳的短箭。机：机括，这里用作动词，作发射解。罻(wèi)、罗：均为捕鸟的网。

〔4〕张：捕鸟兽的罗网。辟：借为"繴"，一种捕鸟的工具。娱：通"虞"，欺骗。侧身：置身。

〔5〕儃(chán)佪：徘徊。干：求。傺：住。

〔6〕远集：远遁。罔：诬。

〔7〕失路：不行正道。

〔8〕牉：分。纡轸：内心绞痛。

〔9〕矫：揉碎。糳(zuò)：舂米。

〔10〕滋：栽种，培植。糗(qiǔ)：干粮。

〔11〕情质：真情本性。信：同"伸"。重著：再三表明。著，明。

〔12〕矫：借为"挢"，举起。私处：独处。曾思：重思，一再思考。

【译文】

听说忠诚招怨恨，认为言过不注意。要九折臂成良医，今天才知这道理。

曳绳短箭射向天，下面张设害人网。设置罗网害君王，想避祸没有地方。

想徘徊着等待进取时机，又担心再一次遭到祸殃。打算走吧我想远走高飞，国君要问："你去什么地方？"

放弃正道瞎冲撞，意志坚定不被容。胸背像开裂一样，我的心痛苦难当。

捣碎木兰揉蕙草，舂好申椒作干粮。栽种江离养菊花，春天用来作香料。

惟恐真情难表达，一再重述表苦心。保持美德而独处，深思熟虑爱自身。

涉　江

【题解】

本篇是屈原晚年作品。这时屈原从鄂渚又被放逐到溆浦。从篇中的语气看，可能是临行之际写的。

【原文】

余幼好此奇服兮，年既老而不衰[1]。带长铗之陆离兮，冠切云之崔嵬[2]。

（□□□兮□□□，）被明月兮佩宝璐[3]。世溷浊而莫余知兮，吾方高驰而不顾[4]。驾青虬兮骖白螭，吾与重华游兮瑶之圃[5]。

（□□□兮□□□，）登昆仑兮食玉英[6]。与天地兮同寿，与日月兮齐光。哀南夷之莫吾知兮，旦余将济乎江湘[7]。

【注释】

〔1〕奇服：不同于常人的服装。

〔2〕长铗：长剑。陆离：长的样子。切云：冠名，古时一种高耸的冠。

〔3〕明月：明月珠。宝璐：美玉名。

〔4〕溷：同"混"。方：刚，才。顾：回顾，回头看。

〔5〕虬：传说中无角的龙。螭：无角的龙。重华：舜的名。瑶之圃：生玉的园圃，据下文，当系指昆仑，传说昆仑山以产玉闻名。

〔6〕昆仑：神话传说中的山名，天帝所居。玉英：玉树的花。

〔7〕南夷：古时对南方少数民族的蔑称，此指楚国南部的少数民族。

【译文】

从小就爱奇丽的服饰，直到晚年还依然不变。腰间挂着长长的宝剑，头上戴着高高的头冠。

披着灿烂的夜明珠啊，佩带着串串晶莹宝璐。世道混浊没人理解我，我要去远方不再回顾。驾起了青龙白龙车啊，我与舜一同游览玉园。

登上神秘的昆仑山啊，把玉树花当作粮食吃。我和天地啊一样长寿，我和日月啊一样耀眼。痛心南方没人了解我，清晨我就要渡过湘江。

驾青虬兮骖白螭

【原文】

乘鄂渚而反顾兮，欸秋冬之绪风[1]。步余马兮山皋，邸余车兮方林[2]。

乘舲船余上沅兮，齐吴榜以击汰[3]。船容与而不进兮，淹回水而疑滞[4]。

朝发枉陼兮，夕宿辰阳[5]。苟余心之端直兮，虽僻远之何伤！

【注释】

〔1〕乘：登。鄂渚：洲渚名，在今武汉市长江中。欸：哀叹。绪风：余风。

〔2〕山皋：山边。邸：同“抵”。方林：树林旁。

〔3〕舲(líng)船：有门窗的船。吴榜：大桨。汰：水波。

〔4〕容与：船随水波动荡的样子。回水：旋涡。疑：同“凝”。

〔5〕枉陼(zhǔ)：地名，在今湖南常德市南。辰阳：地名，在今湖南辰溪县。

【译文】

登上鄂渚我回头眺望，秋天的风儿凄苦悲凉。我的马儿在山边漫步，我的车儿停放在林旁。

驾着扁舟上溯沅水啊，齐力摇船桨拍水击浪。船儿随波起伏难前进，被旋涡拖着打转波荡。

早晨我从枉陼出发后，晚上到达辰阳去投宿。如果我的心是正直的，放逐僻远之地又何妨！

【原文】

入溆浦余儃佪兮，迷不知吾所如[1]。深林杳以冥冥兮，猿狖之所居[2]。

山峻高以蔽日兮，下幽晦以多雨。霰雪纷其无垠兮，云霏霏而承宇[3]。

哀吾生之无乐兮，幽独处乎山中。吾不能变心而从俗兮，固将愁苦而终穷。

接舆髡首兮，桑扈臝行[4]。忠不必用兮，贤不必以[5]。伍子逢殃兮，比干菹醢[6]。

与前世而皆然兮，吾又何怨乎今之人[7]！余将董道而不豫兮，固将重昏而终身[8]！

【注释】

〔1〕溆浦：地名，在今湖南溆浦县。儃佪：徘徊。如：往。

〔2〕狖(yòu)：长尾猿。

〔3〕霰(xiǎn)：雪珠。垠：边际。宇：天宇。

〔4〕接舆：人名，春秋时楚国隐士。髡：剃发，古代的一种刑罚。桑扈：人名，古代隐士。臝：同“裸”。

〔5〕以：用。

〔6〕伍子：即伍员，号子胥，春秋吴之贤臣，曾劝吴王夫差灭越，夫差不听，后逼他自杀。比干：殷末贤臣，被纣王剖心而死。菹醢：剁成肉酱。

〔7〕与：读作“举”，全部的意思。

〔8〕董道：正道。重昏：朱熹《集注》：“重复暗昧，终不复见光明也。”

【译文】

行到溆浦我开始彷徨，心中迷惘不知该去哪。茂密的山林一片阴暗，那本是猿猴住的地方。

高峻的大山遮天蔽日，山下霪雨霏霏很迷蒙。无边际的雪花在飞扬，阴云密布天上也无光。

可怜我的生活无乐趣，孤独地住在高山老林。我不能变节随波逐流，当然就穷愁潦倒终生。

接舆愤世剃去了头发，桑扈穷困到裸体而行。忠心的人啊不被重用，贤明的人求进反受苦。伍子胥直言遭祸殃啊，比干被剖心不得善终。

纵观历史都是这样啊，又何必抱怨今人行为！但我坚持正道不动摇，宁可一生遭难没光明！

【原文】

乱曰：鸾鸟凤皇，日以远兮；燕雀乌鹊，巢堂坛兮[1]。

露申辛夷，死林薄兮[2]；腥臊并御，芳不得薄兮[3]。

阴阳易位，时不当兮；怀信侘傺，忽乎吾将行兮[4]！

【注释】

〔1〕坛：祭坛。

〔2〕露申：即瑞香，《湘阴县图志》：“露申，瑞香。”辛夷：香木名。薄：草木丛生曰薄。

〔3〕御：进用。

〔4〕忽：急速。

【译文】

[尾声] 高贵的鸾鸟和凤凰啊，一天比一天飞到远方；卑微的燕雀和乌鹊啊，却把窝筑在庙堂上面。

美好的瑞香和辛夷啊，都枯死在野林丛草间；腥的臊的都被重用啊，芳的香的却不得近前。

阴的阳的都位置颠倒，这世道真是失常大变。忠心的人反失意彷徨，我还不如飘然去流浪！

哀　郢

【题解】

本篇是屈原诸篇中写得最为悲苦哀切的一篇。此诗当作于诗人被疏离郢、南浮江湘时，时当顷襄王初年。篇中叙写了自己遭谗被疏、忠不见用的苦痛和无限伤感之情，痛斥了奸佞小人的误国败政，倾诉了自己对故国恋恋不舍的缠绵情怀。

【原文】

皇天之不纯命兮，何百姓之震愆[1]。民离散而相失兮，方仲春而东迁[2]。

去故乡而就远兮，遵江夏以流亡[3]。出国门而轸怀兮，甲之鼂吾以行[4]。

发郢都而去闾兮，怊荒忽其焉极[5]。楫齐扬以容与兮，哀见君而不再得。

望长楸而太息兮，涕淫淫其若霰[6]。过夏首而西浮兮，顾龙门而不见[7]。

心婵媛而伤怀兮，眇不知其所蹠[8]；顺风波以从流兮，焉洋洋而为客。

【注释】

〔1〕皇：大。纯：常。不纯命：不命失常的意思。百姓：指贵族、官僚集团。震：震动不安。愆(qiān)：罪过。

〔2〕仲春：夏历二月。

〔3〕遵：循，沿。江夏：长江，夏水。

〔4〕国门：郢都城门。轸：痛。轸怀：内心痛苦。甲之鼂：古时以干支纪日，甲之鼂即甲日的早晨。鼂，同“朝”。

〔5〕闾：里门。荒忽：恍惚。焉极：哪里是尽头。

〔6〕楸(qiū)：梓树；落叶乔木。

〔7〕夏首：长江与夏水的汇合处。龙门：指郢都的东城门。

〔8〕婵媛：心情苦楚不畅。眇：同“渺”，遥远。蹠(zhí)：脚踏。所蹠：驻足之地。

【译文】

老天爷你变化无常，为何让老百姓惊慌。妻离子散家破人亡，正当二月逃往东方。

离开家乡流浪远方，沿着长江夏水流亡。走出城门心里悲痛，甲日早上开始流浪。

离开郢都舍弃家园，六神无主心中迷茫。船桨齐划慢慢前行，我不能再见到君王。

望见故国乔木长叹，泪珠滚滚就像雪珠。经过夏首沿江西浮，回头不见郢都城墙。

心里牵挂无限忧伤，前途渺茫去往何方。顺着风向随波逐流，居无定所四处流浪。

过夏首而西浮兮，顾龙门而不见。

【原文】

凌阳侯之泛滥兮，忽翱翔之焉薄〔1〕。心絓结而不解兮，思蹇产而不释〔2〕。

将运舟而下浮兮，上洞庭而下江。去终古之所居兮，今逍遥而来东。

羌灵魂之欲归兮，何须臾而忘反。背夏浦而西思兮，哀故都之日远〔3〕。

登大坟而远望兮，聊以舒吾忧心〔4〕。哀州土之平乐兮，悲江介之遗风〔5〕。

当陵阳之焉至兮，淼南渡之焉如〔6〕？曾不知夏之为丘兮，孰两东门之可芜〔7〕。

心不怡之长久兮，忧与愁其相接。惟郢路之辽远兮，江与夏之不可涉。

【注释】

〔1〕凌：乘。阳侯：指大波涛。传说，陵阳国侯溺水而死，化为波涛之神。焉薄：止于何处。薄，止。

〔2〕絓(guà)结：牵挂郁结。蹇产：曲折纠缠。

〔3〕夏浦：指夏口，即今汉口。

〔4〕大坟：水边高地。

〔5〕江介：江边。

〔6〕陵阳：一说为地名，在今安徽青阳与石埭之间，因陵阳山而得名。一说“陵”，同“凌”，“阳”即“阳侯”。

〔7〕夏：同“厦”，高大的房屋。两东门：郢都有一旧东门，一新东门，故言“两东门”，此指郢都。

【译文】

冒着洪波激流勇进，像鸟儿不知往哪飞。心中烦乱无法摆脱，思虑不展心情郁闷。

掉转船头顺江东下，过了洞庭就是长江。离开祖辈居住之所，只身一人来到东方。

梦萦魂牵想要回去，从来没有忘记家乡。背向夏浦思念郢都，郢都遥远令人悲伤。

登上高地纵目远望，暂且舒展九曲愁肠。慨叹这里如此安宁，还保持着淳朴风气。

面对波涛不知去哪，大水茫茫怎么南渡。谁知宫殿竟会变成废墟，两座宫门竟会荒芜。

听后心中不能平静，我的新忧连着旧愁。想到归路那么遥远，长江和夏水也难渡。

【原文】

忽若去不信兮，至今九年而不复〔1〕。惨郁郁而不通兮，蹇侘傺而含感〔2〕。

外承欢之汋约兮，谌荏弱而难持〔3〕。忠湛湛而愿进兮，妒被离而鄣之〔4〕。

尧舜之抗行兮，瞭杳杳而薄天〔5〕。众谗人之嫉妒兮，被以不慈之伪名〔6〕。

憎愠惀之修美兮，好夫人之逾慨〔7〕。众踥蹀而日进兮，美超远而逾迈〔8〕。

乱曰：曼余目以流观兮，冀壹反之何时〔9〕？鸟飞反故乡兮，狐死必首丘〔10〕。信非吾罪而弃逐兮，何日夜而忘之！

【注释】

〔1〕忽：速。不信：不被任用。复：返。

〔2〕蹇：发语词。 慼：忧伤。

〔3〕承欢：邀取欢心。 汋(chuò)约：同"绰约"，容态柔美的样子。谌(chén)：实。荏弱：软弱。

〔4〕湛湛：厚重诚恳的样子。被离：同"披离"，分散的样子。鄣：同"障"。

〔5〕抗行：高尚的行为。瞭：眼明。

〔6〕被：加上。不慈：尧、舜不把帝位传给自己儿子而传给贤人，因此被后人说成"不慈"。

〔7〕愠惀(wěn lǔn)：忠诚的样子。夫人：那些人，指群小。

〔8〕踥蹀(qiè dié)：碎步快走的样子，一种卑恭相。超：远。逾迈：越来越远。

〔9〕曼：展开。流观：四处观望。

〔10〕首丘：头向山丘。

【译文】

时间太快难以相信，离开郢都九年光阴。愁思郁积心情悲痛，失意不安非常心伤。

表面讨好善于奉承，实际内心很不可靠。忠心耿耿为国效力，又被嫉妒怨恨阻挠。

尧舜的行为很高尚，超出世俗直薄云霄。那些谗人嫉妒他们，还说尧舜不慈不孝。

楚王憎恨忠臣美德，喜欢听浮夸的辞藻。谗人钻营日日进升，正人君子远远离开。

[尾声] 放开眼光四下观望，希望能够回去一趟。鸟飞再远总要返巢，狐狸死时头向山冈。我确实无罪被流放，日日夜夜心中难忘！

抽　　思

【题解】

本篇是屈原被疏后，迁到汉北时所作。从内容来看，大体可分两大部分："少歌"前部分追述进谏的始末，叙写谏君不听反被疏情形；"倡"以下写独处汉北的情形。

【原文】

心郁郁之忧思兮，独永叹乎增伤。思蹇产之不释兮，曼遭夜之方长。

悲秋风之动容兮，何回极之浮浮[1]。数惟荪之多怒兮，伤余心之忧忧[2]。

愿摇起而横奔兮，览民尤以自镇[3]。结微情以陈词兮，矫以遗夫美人[4]。

昔君与我诚言兮，曰黄昏以为期[5]。羌中道而回畔兮，反既有此他志[6]。

【注释】

〔1〕动容：改变容颜。此句谓秋风使草木变色。回极：林云铭谓“回”乃“四”字之误，回极即四极，四方的边极。浮浮：水流的样子。

〔2〕荪：香草名，此喻指楚怀王。忧忧：忧伤的样子。

〔3〕横奔：狂奔，此谓兼程飞奔也。尤：罪过。镇：止。

〔4〕微情：内心之情。陈词：陈述，此指作《抽思》辞。矫：举。

〔5〕诚：一本作“成”，译文从之。古时于黄昏时举行婚礼，此句借以喻君臣相遇合。

〔6〕畔：古同“叛”。回畔，翻悔。

【译文】

我心中郁结回转啊，独自长叹更添忧伤。愁思如麻难理难剪，深沉的夜这样漫长。

秋风使草木枯黄啊，天地也在风中浮荡？想到君王总是生气，使我的心痛苦难当！

想划动船桨离开你，为了人民又放弃了。把心中的话写成诗，高举起来献给君主。

先前你曾和我约定，把黄昏定成好时间。谁知道你半路变心，违背前言改了主意。

【原文】

憍吾以其美好兮，览余以其修姱[1]。与余言而不信兮，盖为余而造怒[2]。

愿乘间而自察兮，心震悼而不敢[3]；悲夷犹而冀进兮，心怛伤之憺憺[4]。

兹历情以陈辞兮，荪详聋而不闻[5]。固切人之不媚兮，众果以我为患[6]。

【注释】

〔1〕侨：同"骄"。览：炫耀。

〔2〕盖：同"盍"，为何。造怒：发怒。

〔3〕乘间：趁闲。朱熹："闲，闲暇也。"震悼：惊惧。悼，惧也。

〔4〕夷犹：犹豫。怛：悲惨。憺憺：安静的样子。此句言心中忧伤而静默不敢言。

〔5〕兹历情：一本作"历兹情"，译文从之。历，列举。兹，此。详：同"佯"，假装。

〔6〕切人：正直的人。

【译文】

你对我夸耀长处啊，你对我炫示有美德。跟我的约定不信守，为何还对我发脾气？

想找机会解释明白，可一直心里在犹豫。忧伤也想告诉你啊，创伤使我心惊胆寒。

我把这情形对你讲，你装聋作哑不愿听。向来正直人不献媚，才会成为眼中之钉。

【原文】

初吾所陈之耿著兮，岂至今其庸亡[1]？何独乐斯之謇謇兮，愿荪美之可完[2]。

望三五以为像兮，指彭咸以为仪[3]。夫何极而不至兮，故远闻而难亏。

善不由外来兮，名不可以虚作。孰无施而有报兮，孰不实而有获？

少歌曰：与美人抽怨兮，并日夜而无正[4]。侨吾以其美好兮，敖朕辞而不听。

倡曰：有鸟自南兮，来集汉北[5]。好姱佳丽兮，牉独处此异域[6]。

【注释】

〔1〕庸：乃。亡：通“忘”。

〔2〕謇謇：直言的样子。完：王逸《章句》：“完，一作光。”作“完”，失韵，光亡为韵，译文从“光”。

〔3〕三五：王逸《章句》：“三王五伯，可修法也。”三王，指夏禹、商汤、周文王。五伯，指齐桓公、晋文公、秦穆公、宋襄公、楚庄王。

〔4〕少歌：乐歌音节名，即荀子《佹诗》中所称的“小歌”。抽怨：倾诉心中的委屈。抽，拔取。正：戴震：“正者，平其言之是非。”

〔5〕倡：同“唱”。王逸《章句》：“起倡发声，造新曲也。”鸟：屈原自喻。

〔6〕牉(pàn)：一物中分为二。

【译文】

当初我讲得多明白，难道今天你就忘了？为什么我忠言直谏，只希望你大显美德。

三王五霸是好榜样，我把彭咸当作样板。什么目标都能达到，名声不朽传遍四方！

美德全靠自己修养，名声不靠虚伪做作。不付出就没有回报，不结果怎会收满仓？

[小歌] 我向君王抒发深情，从早到晚没有公平。你一味地向我炫耀，骄傲得什么也不听。

[唱] 有只鸟儿从南来啊，飞落在了汉水以北。羽毛丰满多么美丽，孤孤单单栖息异乡。

【原文】

既惸独而不群兮，又无良媒在其侧。道卓远而日忘兮，愿自申而不得。望北山而流涕兮，临流水而太息。

望孟夏之短夜兮，何晦明之若岁！惟郢路之辽远兮，魂一夕而九逝[1]。

曾不知路之曲直兮，南指月与列星。愿径逝而不得兮，魂识路之营营[2]。

何灵魂之信直兮，人之心不与吾心同。理弱而媒不通兮，尚不知吾之从容。

乱曰：长濑湍流，泝江潭兮[3]。狂顾南行，聊以娱心兮[4]。

轸石崴嵬，蹇吾愿兮[5]。超回志度，行隐进兮[6]。

【注释】

〔1〕九：非确指，极言其多。

〔2〕径逝：径直而去。营营：往来不息的意思。

〔3〕濑：浅水滩。湍：急流。泝：同“溯”，逆流而上。

〔4〕狂：犹“遽”。顾：瞻望。

〔5〕轸(zhěn)石：方石，此泛指大石。蹇：发语词。

〔6〕超：远。隐：安。隐进：因路险难行而慢慢地前进。

【译文】

我孤苦零丁无伴侣，也没好媒人在身旁。路途遥遥你忘记我，我欲诉深情又无门。遥望北山眼泪流淌，对着流水叹息哀伤。

初夏的夜本来很短，为什么今年这么长？郢都的路多么遥远，可魂梦一夜跑九趟。

不顾道路是弯是直，只对着南天的星月。想径直南行没有路，魂灵找路来往奔忙。

我的心多么正直啊，别人的心和我不同。理由不足不能沟通，谁知我心磊落坦荡。

[尾声] 长长的浅滩流水急，沿着汉江逆流而上；我频频四顾向南行，聊以平慰我的愁肠。

高大的磐石拔地起，阻碍我南行的愿望；究竟南渡还是北回，犹豫不定脚下迟缓。

望北山而流涕兮，临流水而太息！

【原文】

低回夷犹，宿北姑兮[1]。烦冤瞀容，实沛徂兮[2]。

愁叹苦神，灵遥思兮[3]。路远处幽，又无行媒兮。

道思作颂，聊以自救兮[4]。忧心不遂，斯言谁告兮！

【注释】

〔1〕低回：徘徊。北姑：地名，所在未详。

〔2〕瞀：心神烦乱。沛：水流的样子。徂：行。

〔3〕神：读作“呻”，呻吟。

〔4〕作颂：作歌，即写作本篇。

【译文】

走走停停不断徘徊，夜晚到达北姑去投宿；心烦意乱满怀苦楚，想随着流水流向远方。

我悲苦叹息又呻吟，我的心思念着故乡；路又远啊地又偏僻，又没有媒人去传话。

倾诉愁思写成诗章，来自我安慰宽愁肠；忧心忡忡不遂心意，这些话儿能对谁讲？

怀　　沙

【题解】

司马迁《史记·屈原列传》：“乃作怀沙之赋，遂自投汨罗以死。”这篇的写作时间大约可以定为投汨罗之前。

怀沙的含义有两种说法：一、怀抱沙石而自沉的意思；二、蒋骥《山带阁注楚辞》认为是怀念长沙。今从第二说。

【原文】

滔滔孟夏兮，草木莽莽〔1〕。伤怀永哀兮，汨徂南土〔2〕。

眴兮杳杳，孔静幽默〔3〕。郁结纡轸兮，离慜而长鞠〔4〕。

抚情效志兮，冤屈而自抑〔5〕。刓方以为圜兮，常度未替〔6〕。

易初卞迪兮，君子所鄙〔7〕。章画志墨兮，前图未改〔8〕。

内厚质正兮，大人所盛〔9〕。巧倕不斫兮，孰察其拨正〔10〕。

玄文处幽兮，矇瞍谓之不章〔11〕。离娄微睇兮，瞽以为无明〔12〕。

变白以为黑兮，倒上以为下。凤皇在笯兮，鸡鹜翔舞〔13〕。

【注释】

〔1〕滔滔：水大貌。

〔2〕汩：水流疾貌。徂：往。

〔3〕眴(shùn)兮：闻一多《楚辞校补》："'眴兮'当作'瞬'，句末当补兮字。"孔：很，甚。幽默：沉寂无声。

〔4〕纡：委屈。轸：悲痛。离：借作"罹"，遭遇。慜(mǐn)：同"愍"，忧患。鞠：窘困。

〔5〕效：验。自抑：自行抑制。

〔6〕刓(wán)：削，刻。圜：同"圆"。常度：正常的法度。替：废。

〔7〕迪：道路。下迪：即改变常道之意。

〔8〕章：明。志：记。墨：绳墨，借指法度。前图：初志，原来的打算。

〔9〕内：内心。大人：犹"君子"。盛：赞许。

〔10〕倕(chuí)：相传为尧时的巧匠。斫(zhuó)：砍削。拨：弯曲。

〔11〕玄文：黑色的彩绘。矇瞍：有眼珠而看不见谓矇，有眼无珠称瞍，这里泛指盲人。

〔12〕离娄：也称离朱，相传为黄帝时人，视力极强，能于百步之外明察秋毫。

〔13〕笯(nú)：竹笼。鹜(wù)：野鸭。

【译文】

初夏天暖风和日丽，草木茂盛蓬勃生长。我的心却无限悲哀，急急忙忙奔向南方。

瞻望前途一片茫茫，四周寂静毫无声响。此时我心痛如刀割，遭受贫苦伤痕累累。

扪心自问我的心意，冤枉也要克制自己。要把方的削成圆的，平时的规矩不能变。

要改变当初的理想，正直的人就会看轻。规矩应该明确牢记，前人的法度不能改。

内心忠厚品质端正，会得到圣贤的赞许。巧匠不动他的斧头，怎么知道曲直标准？

黑色花纹放在暗处，盲人说它并不漂亮。离娄看物只瞥一眼，盲人认为他没眼睛。

凤皇在笯兮，鸡鹜翔舞！

把白的与黑的弄混，把上的颠倒作为下。美丽的凤凰关进笼，却让鸡鸭到处飞翔。

【原文】

同糅玉石兮，一概而相量[1]。夫惟党人之鄙固兮，羌不知余之所臧[2]。

任重载盛兮，陷滞而不济。怀瑾握瑜兮，穷不知所示[3]。

邑犬之群吠兮，吠所怪也。非俊疑杰兮固庸态也[4]。

【注释】

〔1〕概：古时斗量米时用以刮平斗斛的木器。

〔2〕夫：指示代词，那。惟：思。鄙固：鄙陋顽固。臧：善。

〔3〕瑾、瑜：均为美玉名。示：给人看。

〔4〕非：诽谤。疑：猜忌。

【译文】

美玉顽石混在一起，人们以为一模一样。群小多么卑鄙顽固，全不了解我的高尚。

我肩负着国家重任，却陷入困境难自救。尽管手握珍宝美玉，穷困中不知献给谁。

村里的群狗在乱叫，它们见到了奇怪事。否定英雄怀疑豪杰，是庸人惯用的伎俩。

【原文】

文质疏内兮，众不知余之异采[1]。材朴委积兮，莫知余之所有[2]。

重仁袭义兮，谨厚以为丰[3]。重华不可遌兮，孰知余之从容[4]？

古固有不并兮，岂知其故也？汤禹久远兮，邈不可慕也。

惩连改忿兮，抑心而自强[5]。离慜而不迁兮，愿志之有象[6]。

进路北次兮，日昧昧其将暮[7]。舒忧娱哀兮，限之以大故[8]。

乱曰：浩浩沅湘，分流汩兮[9]。修路幽蔽，道远忽兮[10]。

【注释】

〔1〕文：指外表。

〔2〕朴：没有加工过的原木。

〔3〕袭：重叠。

〔4〕遌：遇。

〔5〕惩连：即止恨。惩，止。

〔6〕象：楷模，榜样。

〔7〕次：止宿。

〔8〕大故：死的委婉说法。

〔9〕分：一作“汾”。

〔10〕忽：遥远的意思。

【译文】

外表疏放语言迟钝，谁知我的才能出众。像栋梁之材空堆积，没人知道我的潜力。

我重视品德求仁义，为人谨慎充实自己。虞舜不能再遇到了，谁又理解我的用意？

自古圣贤生不同时，怎知为什么会这样？商汤夏禹离得太远，远得使我无法思慕。

今后不再怨恨愤怒，克制内心锻炼自己。忧患没有使我变节，愿意成为后人榜样。

快步前进走向北方，太阳西沉暮色苍茫。我要排遣忧愁悲伤，最好的办法是死亡。

尾声：汹涌的沅江和湘江，一日千里各自流淌。漫长的道路险长久，前途遥远而且渺茫。

【原文】

曾伤爰哀，永叹喟兮[1]。世溷浊莫吾知，人心不可谓兮。

怀质抱情，独无匹兮[2]。伯乐既没，骥焉程兮[3]。

民生禀命，各有所错兮[4]。定心广志，余何所畏惧兮。

知死不可让，愿勿爱兮。明告君子，吾将以为类兮[5]。

【注释】

〔1〕曾：同“增”。爰：哀哭不止。

〔2〕情：思想。匹：朱熹以为“正”字之误。

〔3〕伯乐：春秋时人，以善相马闻名。程：衡量。

〔4〕错：同“措”，安排。

〔5〕类：同类。

【译文】

伤痕累累无限悲哀，心情让我叹息不尽。社会黑暗没人理解，人心叵测难以评说。

我品质美好多激情，但是谁是我的知音。会相马的伯乐死了，千里马现在谁来评。

人生在世领受天命，各人命运由天注定。安下心来放宽胸襟，没有什么可怕的事。

我知道死不可避免，我对生命舍得抛弃。那光明磊落的前贤，我们将永远在一起。

思　美　人

【题解】

美人，指楚怀王。思美人，思念怀王，希望他能幡然改悔。

【原文】

思美人兮，擥涕而伫眙[1]。媒绝路阻兮，言不可结诒[2]。

蹇蹇之烦冤兮，陷滞而不发[3]。申旦以舒中情兮，志沉菀而莫达[4]。

愿寄言于浮云兮，遇丰隆而不将[5]。因归鸟而致辞兮，羌迅高而难当[6]。

高辛之灵盛兮，遭玄鸟而致诒[7]。欲变节以从俗兮，愧易初而屈志。

独历年而离愍兮，羌冯心犹未化[8]。宁隐闵而寿考兮，何变易之可为[9]！

知前辙之不遂兮，未改此度[10]。车既覆而马颠兮，蹇独怀此异路[11]。

勒骐骥而更驾兮，造父为我操之[12]。迁逡次而勿驱兮，聊假日以须时[13]。指嶓冢之西隈兮，与纁黄以为期[14]。

【注释】

〔1〕擥(lǎn)：同“揽”。擥涕：拭泪。眙：瞪眼直视。

〔2〕结：缄，此指写信。

〔3〕蹇蹇：直言的样子。发：进发。

〔4〕申旦：日日。菀(yùn)：郁结，积滞。

〔5〕丰隆：云神。将：送。《诗·邶风·燕燕》：“之子于归，远于将之。”郑玄笺：“将亦送也。”

〔6〕当：遇。

〔7〕高辛：即帝喾。玄鸟：燕子。诒：通“贻”，指聘礼。

〔8〕冯心：凭心，愤懑之心。

〔9〕隐闵：忍痛。

〔10〕不遂：不顺利。

〔11〕蹇：发语词。

〔12〕造父：周穆王时人，以善于驾车著称。

〔13〕迁：延。逡(qūn)次：即“逡巡”，徘徊不前的意思。须时：等待一会儿。

〔14〕 嶓(bō)冢：山名，在今甘肃天水和礼县之间。隈：边。纁(xūn)：通“曛”，曛黄，犹昏黄，即黄昏。

勒骐骥而更驾兮，造父为我操之。

【译文】

美人啊我多么思念，揩干了涕泪久久盼。无人说合道路不畅，要说的话也无法讲。

正直带来烦恼忧伤，愁思无法表达出口。我日日想表明心意，沉闷压抑郁结心头。

想托浮云传情达意，遇到云神不讲情面。想托归鸟送去锦书，它飞得高很难胜任。

帝喾之灵德行美好，遇到玄鸟送去礼品。舍弃廉耻随波逐流，我又不愿心中有愧。

长年孤独遭受忧患，愤懑心情丝毫未减。宁可一生忍受痛苦，怎么能够改变我心。

明知以前很不顺利，但也不愿改变态度。尽管车已翻马倒下，偏走与众不同的路。

又登上千里马的车，能手造父给我赶车。车儿慢慢走不着急，暂时休息等待时机。车子奔向嶓冢西边，直到黄昏才停下来。

【原文】

开春发岁兮，白日出之悠悠。吾将荡志而愉乐兮，遵江夏以娱忧[1]。

擥大薄之芳茝兮[2]，搴长洲之宿莽；惜吾不及古之人兮，吾谁与玩此芳草[3]？

解萹薄与杂菜兮，备以为交佩[4]。佩缤纷以缭转兮，遂萎绝而离异[5]。

吾且儃佪以娱忧兮，观南人之变态[6]。窃快在其中心兮，扬厥凭而不竢[7]。

芳与泽其杂糅兮，羌芳华自中出。纷郁郁其远蒸兮，满内而外扬。情与质信可保兮，羌居蔽而闻章[8]。

【注释】

〔1〕荡志：纵情。娱忧：消忧。

〔2〕薄：草木丛生的地方。

〔3〕搴(qiān)：拔取。宿莽：香草名。莽，古音“姥”。不及：没有赶上。

〔4〕解：采。萹(biān)：萹蓄，亦名萹竹，一年生草本植物。交佩：左右佩带。

〔5〕缭转：纠缠。

〔6〕南人：指楚国江南一带的人。变态：异状。

〔7〕窃快：暗喜。厥：其。竢：等待。

〔8〕闻章：名声昭著。

【译文】

春天来临一年开始，太阳冉冉从东升起。我要放松尽情娱乐，沿着江夏排遣忧虑。

我采草木中的芳芷，摘下长洲上的宿莽。可惜我没赶上前贤，和谁一同欣赏群芳？

采摘些萹蓄和杂菜，用它们做左右佩带。萹蓄杂菜好看一时，不久就会凋谢枯败。

我在这里徘徊消忧，观赏一下奸人丑态。他们心中暗暗喜悦，装作生气来摆威风。

香花污秽混杂一起，花香总不会被掩盖。缕缕花香远远散发，馥郁香气充满内外。外表本质的确美好，处境虽劣名扬四海。

【原文】

令薜荔以为理兮，惮举趾而缘木[1]。因芙蓉以为媒兮，惮蹇裳而濡足[2]。

登高吾不说兮，入下吾不能[3]。固朕形之不服兮，然容与而狐疑[4]。

广遂前画兮，未改此度也[5]。命则处幽吾将罢兮，愿及白日之未暮也[6]。独茕茕而南行兮，思彭咸之故也[7]。

【注释】

〔1〕理：提亲人。

〔2〕蹇(qiān)：同“褰”，褰裳，撩起衣襟。濡：沾湿。

〔3〕说：同“悦”。

〔4〕形：身。服：用。

〔5〕广遂：全面完成。

〔6〕罢：疲。及：趁着。

〔7〕茕茕：孤独的样子。故：故迹，遗迹。

【译文】

想用薜荔去作媒介，又不愿抬脚上树摘。想让荷花前去说合，又不愿提裳下水采。

高攀让我心里不悦，低就也让我心不快。我多年来遭受忧患，愤懑之心仍未减轻。

还是坚持从前打算，这种态度一直不变。人到黄昏万事皆休，要抓紧白天的时光。我孤单地向南走去，彭咸故迹使我思念。

惜往日

【题解】

本篇以首句“惜往日”名篇，从内容上看，可能是屈原最后的作品，创作时间估计离他自沉汨罗江不会太久。

【原文】

惜往日之曾信兮，受命诏以昭诗[1]。奉先功以照下兮，明法度之嫌疑[2]。

国富强而法立兮，属贞臣而日娭[3]。秘密事之载心兮，虽过失犹弗治[4]。

心纯庬而不泄兮，遭谗人而嫉之[5]。君含怒而待臣兮，不清澂其然否[6]。

蔽晦君之聪明兮，虚惑误又以欺[7]。弗参验以考实兮，远迁臣而弗思[8]。信谗谀之溷浊兮，盛气志而过之[9]。

【注释】

〔1〕曾信：曾经被信任重用。命诏：即诏命，君王所颁布的号令。

〔2〕照下：照耀下民。嫌疑：指法度中含糊不清之处。

〔3〕属：付托。贞臣：忠贞之臣。 娭（xī）：同“嬉”。

〔4〕秘密事：指治国之机密大事。治：治罪。

〔5〕纯庬（máng）：纯朴厚道。

〔6〕澂：同“澄”。清澂：弄清事实真相。然否：是与不是，对错。

〔7〕虚：无中生有。惑：颠倒是非。误：陷害人。

〔8〕参验：比较验证。迁：放。

〔9〕盛气志：怒也。

【译文】

过去曾经深受信任，领受诏令时世清明。遵奉先王教育百姓，法度严密无隙可乘。

国家富强法律制定，忠臣执政天下太平。国家机密放在心里，纵有差错君王包容。

我心纯厚态度严谨，遭到谗佞嫉恨万分。君王听信含怒对我，也不明察是假是真。

谗言蒙蔽君王视听，无中生有以假乱真。君王也不考察核实，下令放逐不念旧情。听信了丑恶的谗言，盛气凌人降罪于我。

【原文】

何贞臣之无罪兮，被离谤而见尤[1]。惭光景之诚信兮，身幽隐而备之[2]。

临沅湘之玄渊兮，遂自忍而沉流。卒没身而绝名兮，惜壅君之不昭[3]。

君无度而弗察兮，使芳草为薮幽[4]。焉舒情而抽信兮，恬死亡而不聊[5]。独鄣壅而蔽隐兮，使贞臣为无由[6]。

【注释】

〔1〕离：借为“罹”，遭也。尤：责备。

〔2〕光景：光和影，指天日。备：闻一多《楚辞校补》：“备字无义，疑当为避，声之误也。避谓避光景，有惭于光景，故欲避之而隐身于玄渊之中也。”

〔3〕壅君：犹言昏君。不昭：不明。

〔4〕无度：心中无分寸。为：于。薮(sǒu)幽：大泽深幽处。

〔5〕焉：何。抽信：陈述忠诚。恬：安然。不聊：不苟且偷生。

〔6〕无由：无从。

临沅湘之玄渊兮，遂自忍而沉流。

【译文】

为什么忠臣没犯罪，却要被诽谤受责罚。真惭愧啊光影不离，隐居暗处感受不到。

面对沅江湘江渊底，想要忍受艰苦投江。最终命断名声断绝，可惜君王仍受蒙蔽。

君王没分寸不明察，竟让杂草埋没香草。到哪能够抒发真情？安然死去不愿偷生。只是君王还受蒙蔽，任用忠臣已不可能。

【原文】

闻百里之为虏兮，伊尹烹于庖厨[1]。吕望屠于朝歌兮，宁戚歌而饭牛[2]。不逢汤武与桓缪兮，世孰云而知之[3]！

吴信谗而弗味兮，子胥死而后忧[4]。介子忠而立枯兮，文君寤而追求[5]。封介山而为之禁兮，报大德之优游[6]。思久故之亲身兮，因缟素而哭之[7]。

或忠信而死节兮，或訑谩而不疑[8]。弗省察而按实兮，听谗人之虚辞。芳与泽其杂糅兮，孰申旦而别之。

【注释】

〔1〕百里：即百里奚，春秋时虞国的大夫，后被晋献公所俘，作为献公女儿的陪嫁奴隶送给秦穆公。百里奚中途逃走，被楚国守边的人捉住，秦穆公知其是贤才，用五张羊皮把他赎回，任为大夫。后百里奚助秦穆公成就了霸业。伊尹：原为有莘氏的陪嫁奴隶，曾做过厨子，后任商汤的相，助汤政灭夏桀。

〔2〕吕望：即吕尚，本姓姜，因先代封于吕遂取以为氏。传说他于未发迹时，曾在朝歌当屠夫，晚年钓于渭水之滨，得文王重用，后助武王灭商。宁戚：春秋时卫国人。家贫，为人挽车，至齐，夜于车下喂牛，扣牛角而歌，齐桓公闻而异之，拜为上卿，后迁国相。

〔3〕桓：指齐桓公。缪：同“穆”，指秦穆公。云：句中语助词。

〔4〕吴：指吴王夫差。弗味：不能体味辨别。子胥：即伍子胥，名员，吴国贤臣。吴王夫差不纳伍子胥灭越的忠言，反听信了太宰伯嚭的谗言，逼他自杀。不久吴竟亡于越。

〔5〕立枯：指抱树站着被烧死。文君：即晋文公。

〔6〕禁：封山。优游：言德之大。介子推在晋文公逃亡中，曾割股给文公吃，故称介子推有“大德”。

〔7〕久故：老朋友。亲身：指介子推割股事。

〔8〕訑谩（dàn mán）：欺诈。訑，通“诞”。

【译文】

百里奚曾当过俘虏，伊尹烹调做过司厨。姜尚在朝歌当屠户，宁戚边喂牛边唱歌。不遇汤武齐桓秦穆，谁能了解他们长处。

吴王轻易听信谗言，伍胥死后忧患到来。介子推却被火烧死，晋文公觉悟已太迟。绵山改名禁止打柴，为报大恩晋文优待。多年上下患难与共，穿着丧服涕泪横流。

有的人因忠诚而死，有的人因欺诈做官。不去调查尊重事实，专听谗人说的假话。香臭不分混杂一起，谁能清清楚楚分辨。

【原文】

何芳草之早夭兮，微霜降而下戒[1]。谅聪不明而蔽壅兮，使谗谀而日得[2]。

自前世之嫉贤兮，谓蕙若其不可佩[3]。妒佳冶之芬芳兮，嫫母姣而自好[4]。虽有西施之美容兮，谗妒人以自代。

愿陈情以白行兮，得罪过之不意。情冤见之日明兮，如列宿之错置[5]。

乘骐骥而驰骋兮，无辔衔而自载[6]。乘氾泭以下流兮，无舟楫而自备[7]。背法度而心治兮，辟与此其无异[8]。

宁溘死而流亡兮，恐祸殃之有再[9]。不毕辞而赴渊兮，惜壅君之不识！

【注释】

〔1〕下：一本作“不”，译文从之。

〔2〕谅：诚，实在。

〔3〕蕙(huì)若：蕙草和杜若，均为香草。

〔4〕佳冶：美丽。 嫫(mó)母：嫫，同“嫫”，古代丑妇，传为黄帝次妃。自好：自以为美好。

〔5〕列宿：列星，众星。错置：陈列。

〔6〕衔：勒马口的马嚼子。此言谓空手驶马。

〔7〕氾：同“泛”。 泭(fú)：同“桴”，竹木筏。舟：朱熹：“舟字疑当作维。”维，绳子。

〔8〕心治：凭主观意志治理国家。辟：通“譬”。

〔9〕溘：忽然。

【译文】

为何香草过早凋零，微霜下降未曾提防。君王耳目深受蒙蔽，使馋人者得意扬扬。

自古贤人总受嫉恨，还说香草不可佩戴。是嫉妒美人的芬芳，丑妇搔首故作姿态。纵有西施美好容貌，谗妒的人也会挤掉。

我想自我表明心意，得到罪过实在意外。我的冤情日益分明，就像星辰清晰可见。

想骑骏马纵横驰骋，没有缰绳只能用手。想乘木筏顺流远航，没有船桨自己安排。违背法度听任心意，就和前例同样荒谬。

宁可死去魂魄离散，担心再次遭到祸殃。话未说完就要投江，糊涂君王不懂我心！

橘　　颂

【题解】

本篇从内容和风格上看，应是屈原早年的作品。屈原通过对橘树的高贵品质的赞颂，表现了自己的人格。这首诗把咏物和抒情紧密结合，对后来的咏物诗产生了深远的影响。

【原文】

后皇嘉树，橘徕服兮[1]。受命不迁，生南国兮[2]。
深固难徙，更壹志兮。绿叶素荣，纷其可喜兮[3]。
曾枝剡棘，圆果抟兮[4]。青黄杂糅，文章烂兮[5]。
精色内白，类可任兮[6]。纷缊宜修，姱而不丑兮[7]。

【注释】

〔1〕后：后土。皇：皇天。后皇：地天的代称。徕：同“来”。服：习服。

〔2〕受命：受自然之命，即天性。

〔3〕素荣：白花。

〔4〕曾：通“增”。曾枝：犹繁枝。剡：尖利。棘：刺。抟(tuán)：同“团”，圆圆的。

〔5〕文章：花纹。

〔6〕精色：色彩鲜明。类可任兮：一本作“类任道兮”。

〔7〕纷缊：茂密。宜修：美好。 姱(kuā)：美好。

【译文】

天地间最美的树，是橘树习服水土。天生习性不能移，只长在南国荆楚。

根深坚牢难迁移，因为它心志专一。碧绿叶子白花朵，缤纷一片令人喜。

枝条繁密刺儿尖，圆圆果实真饱满。绿中透出点点黄，色彩真是太斑烂。

鲜艳的外表内纯洁，如同那贤人志士。橘香浓郁修饰得体，生得又美好无比。

【原文】

嗟尔幼志，有以异兮。独立不迁，岂不可喜兮！
深固难徙，廓其无求兮[1]。苏世独立，横而不流兮[2]。
闭心自慎，终不失过兮[3]。秉德无私，参天地兮[4]。

【注释】

〔1〕廓：指胸襟豁达。

〔2〕苏世：醒世。横：横渡。流：顺流。

〔3〕闭心：就是不思外欲的意思。

〔4〕参：合。

【译文】

叹你自幼的志气，就与众人不相同。卓然独立从不变，怎不令人敬又喜。
根深坚固难迁徙，心胸坦荡有理想。你清醒地在世上，绝水横渡不媚俗。
绝私欲谨慎自守，自始至终不犯错。坚守美德不偏私，为人高尚配天地。

【原文】

愿岁并谢，与长友兮[1]。淑离不淫，梗其有理兮[2]。
年岁虽少，可师长兮。行比伯夷，置以为象兮[3]。

【注释】

〔1〕并谢：共死。

〔2〕淑：善。离：通“丽”。淫：放纵，过分。理：纹理。

〔3〕伯夷：殷末人，因反对武王灭殷，坚不食周粟，饿死在首阳山。

【译文】

愿与日月共生死，长结友谊不离弃。至善至美不过分，枝干坚直有纹理。

虽然年纪不太大，却可作人的老师。你的品行像伯夷，做榜样供人学习。

愿岁并谢，与长友兮。

悲 回 风

【题解】

本篇以首句名篇，回风就是旋风。

【原文】

悲回风之摇蕙兮，心冤结而内伤。物有微而陨性兮，声有隐而先倡[1]。

夫何彭咸之造思兮，暨志介而不忘[2]。万变其情岂可盖兮，孰虚伪之可长[3]？

鸟兽鸣以号群兮，草苴比而不芳[4]。鱼葺鳞以自别兮，蛟龙隐其文章[5]。

故荼荠不同亩兮，兰茝幽而独芳[6]；惟佳人之永都兮，更统世以自贶[7]。

眇远志之所及兮，怜浮云之相羊[8]。介眇志之所惑兮，窃赋诗之所明[9]。

惟佳人之独怀兮，折若椒以自处[10]。曾歔欷之嗟嗟兮，独隐伏而思虑[11]。

涕泣交而凄凄兮，思不眠以至曙。终长夜之曼曼兮，掩此哀而不去[12]。

寤从容以周流兮，聊逍遥以自恃[13]。伤太息之愍怜兮，气於邑而不可止[14]。

纠思心以为纕兮，编愁苦以为膺[15]。折若木以蔽光兮，随飘风之所仍[16]。

【注释】

〔1〕物：指蕙草。性：通“生”。声：指秋风。

〔2〕造思：思念。暨：与。介：节操。

〔3〕盖：掩盖，藏。

〔4〕苴(chá)：枯草。比：靠近。
〔5〕葺：整治。文章：文采，指蛟龙的鳞甲。
〔6〕荼：苦菜。荠：甜菜。
〔7〕都：美好。更：经历。统世：世代。贶(kuàng)：通“况”，善。自贶：犹自许。
〔8〕眇：高远的样子。相羊：同“徜徉”，这里形容白云飘浮不定。
〔9〕介眇志：高远的志向。
〔10〕惟：思。
〔11〕曾：同“增”。
〔12〕掩：留的意思。不去：不能去怀。
〔13〕周流：四处游荡。自恃：自娱，自我排遣。
〔14〕於邑：同“郁悒”，气闷。
〔15〕纠：同“纠”。 纕：佩带。膺：胸，这里指护胸的内衣。
〔16〕仍：因，循。

【译文】

悲叹旋风撕卷蕙草，我心头郁结心忧伤。蕙草柔弱易被摧残，秋风无形影响巨大。

为何总是思慕彭咸，他的高尚令人难忘。千变万化难掩真相，虚情假意怎能长久？

鸟兽鸣叫唤来同伴，鲜草靠近枯草变枯。鱼儿鼓鳞炫示自己，蛟龙潜底隐藏美丽。

荼与荠从不种一起，深山兰芷独具芳香。佳人才能永葆美好，怡然自得永世流传。

我的志向那么远大，可惜像白云在天上。我的志向不被理解，我只好赋诗表内心。

我孤独幽怨的情怀啊，折杜若和椒枝陪自己。一次次地长吁短叹啊，人虽隐居可思虑难息。

我伤心的眼泪不停流，彻夜不眠愁思如缕。漫漫长夜终于熬过了，心中哀愁依然停留。

我还是动身去游荡吧，姑且逍遥自解愁绪。悲伤叹息我的不幸啊，满怀的苦闷难舒解。

满心愁思结成佩带，满怀愁苦编成内衣。折一枝若木遮阳光，任随旋风把我吹去。

【原文】

存仿佛而不见兮，心踊跃其若汤[1]。抚珮衽以案志兮，超惘惘而遂行[2]。

岁曶曶其若颓兮，时亦冉冉而将至[3]。薠蘅槁而节离兮，芳以歇而不比[4]。

怜思心之不可惩兮，证此言之不可聊[5]。宁溘死而流亡兮，不忍此心之常愁。

孤子唫而抆泪兮，放子出而不还[6]。孰能思而不隐兮，照彭咸之所闻[7]。

登石峦以远望兮，路眇眇之默默。入景响之无应兮，闻省想而不可得[8]。

愁郁郁之无快兮，居戚戚而不可解[9]。心鞿羁而不开兮，气缭转而自缔[10]。

【注释】

〔1〕仿佛：看不真切。汤：滚开的水。

〔2〕衽：衣襟。案：按捺。超：借作"怊"，失意的样子。惘惘：若有所失的样子。

〔3〕曶曶：同"忽忽"，迅。时：指生命的时限。

〔4〕薠(fán)、蘅(héng)：均为香草名。节离：茎节断折。不比：不聚在一起，即飘零离散。

〔5〕惩：止。聊：赖。

〔6〕唫：古"吟"字，呻吟。抆：拭。放子：被逐出的人。

〔7〕隐：心痛。闻：名声。一说闻乃闲字之误。闲：法则，规范。

〔8〕景：同"影"。省：目察。

〔9〕居：闻一多《楚辞校补》"疑居为思之误"，译文从之。

〔10〕鞿(jī)羁：马缰绳，这里指受约束。缭转：缠绕。缔：结。

【译文】

眼前模糊看不清楚，心像沸水一样跳荡。整一整衣裳稳稳神，恍惚茫然地往前走。

岁月匆匆时间流逝，我的生命也到尽头。芳草枯萎枝叶飘零，花朵凋谢香气尽收。

我的愁思永远不止，我的表白无济于事。我宁愿死去漂泊啊，也不忍心中这样苦。

像孤儿呻吟擦眼泪，我像弃儿不得回去。谁能想起心里不痛，我决心走彭咸的路。

登上高山向远望啊，漫漫长路死气沉沉。进入无影响的境界，视听思考都不可能。

只有愁苦没有欢乐，满心愁苦解决不了。心被束缚不得舒展，像用绳索把它捆紧。

【原文】

穆眇眇之无垠兮，莽芒芒之无仪[1]。声有隐而相感兮，物有纯而不可为[2]。

藐蔓蔓之不可量兮，缥绵绵之不可纡[3]。愁悄悄之常悲兮，翩冥冥之不可娱[4]。凌大波而流风兮，托彭咸之所居[5]。

上高岩之峭岸兮，处雌蜺之标颠[6]。据青冥而摅虹兮，遂儵忽而扪天[7]。

吸湛露之浮源兮，漱凝霜之雰雰[8]。依风穴以自息兮，忽倾寤以婵媛[9]。

【注释】

〔1〕穆：静。垠：边际。芒芒：同“茫茫”。仪：形。

〔2〕声：指秋声。感：感应。纯：纯真的本性。

〔3〕藐：通“邈”，遥远。缥：缥缈。纡：系结。

〔4〕悄悄：忧愁的样子。翩：指神思飞翔。

〔5〕流风：顺风漂流。

〔6〕雌蜺：虹蜺常有二环，内环色艳，称虹，谓之雄性；外环色淡，称蜺，古人谓之雌性。

〔7〕青冥：青天。摅(shū)：抒。 儵：“倏”的异体字。扪：摸。

〔8〕浮源：一本“源”作“凉”，姜亮夫认为二者皆不通，疑源为浮之误，浮浮与下文相对。浮浮，露水浓重的样子。漱：漱口。 雰：霜浓重的样子。

〔9〕风穴：神话中风之出处。倾寤：转身醒来。婵媛：情思绵绵。

【译文】

宇宙渺茫无边无际，苍茫空荡无象无形。秋声虽小草木听到，蕙草纯真难抵秋风。

世事茫茫不可预料，愁思不断缥缈绵长。愁满心怀使我悲苦，暗中起舞也难欢畅。驾着波涛顺水漂流，去彭咸居住的地方。

我登上高山峭壁啊，坐在五彩的虹霓之上。我在天空吐气成虹，突然挥手抚摸青天。

我吸饮的甘露多凉爽，又漱着片片的霜花。我在风穴旁休息啊，忽然醒来又发愁怨。

【原文】

冯昆仑以瞰雾兮，隐岐山以清江[1]。惮涌湍之磕磕兮，听波声之汹汹[2]。

纷容容之无经兮，罔芒芒之无纪[3]。轧洋洋之无从兮，驰委移之焉止[4]。

漂翻翻其上下兮，翼遥遥其左右[5]。氾潏潏其前后兮，伴张弛之信期[6]。

【注释】

〔1〕冯：同“凭”。隐：凭依。岐：同“岷”。岐山：即岷山。

〔2〕磕磕：水石相击声。

〔3〕容容：同“溶溶”，动乱的样子。无经：无经纬的省文。南北称经，东西称纬。芒芒：同“茫茫”。无纪：没有条理。

〔4〕轧：指波涛相撞击。无从：漫无所从。委移：同“逶迤”，水流宛曲的样子。

〔5〕漂：同“飘”。

〔6〕潏(jué)：水涌出的样子。张弛：涨落的意思。信期：潮汐有一定规律，涨落有时。

【译文】

背靠昆仑俯瞰云雾，依凭岷山俯视江水。急流击石令人惊心，涛声不绝震响耳畔。

江水横流纷乱无序，茫茫江水汪洋一片。波涛滚滚不知去哪，弯弯曲曲尽头在哪。

浪涛翻滚忽上忽下，或左或右两边翻腾。前浪刚起又来后浪，伴随潮汐同涨同落。

【原文】

观炎气之相仍兮，窥烟液之所积[1]。悲霜雪之俱下兮，听潮水之相击。

借光景以往来兮，施黄棘之枉策[2]。求介子之所存兮，见伯夷之放迹[3]。心调度而弗去兮，刻著志之无适[4]。

曰：吾怨往昔之所冀兮，悼来者之悐悐[5]。浮江淮而入海兮，从子胥而自适[6]。

望大河之洲渚兮，悲申徒之抗迹[7]。骤谏君而不听兮，任重石之何益！

【注释】

〔1〕炎气：夏天江河上面腾起的水蒸气。相仍：接续不断。烟液：指蒸气凝结的水珠。

〔2〕光景：王逸《章句》："神光电景"。黄棘：神话中木名。枉策：弯曲的马鞭。

〔3〕介子：介子推。所存：指介子推的隐居之处。放迹：隐居的遗迹。

〔4〕调度：犹言考虑、思忖。刻著志：犹言下决心。适：往。

〔5〕曰：当是乱曰的省文。悐：同"惕"，忧惧。

〔6〕子胥：传说伍子胥死后，吴王夫差使人把尸体投入大江，遂化为海神。

〔7〕申徒：申徒狄，殷末贤臣，谏纣王不听，怀石自沉。抗迹：高行。

望大河之洲渚兮，悲申徒之抗迹。

【译文】

炎夏水气不断循环，凝聚成雨露和云烟。悲叹霜雪飘落大地，潮水撞击响在耳边。

驾着神光上下往来，黄棘神木当成马鞭。寻求介子推的居处，发现了伯夷的遗址。心里思忖不忍离开，下定决心不去别处。

［尾声］怨恨以往理想破灭，痛惜后来无辜受惊。愿随江淮漂流入海，追随子胥了结心愿。

望见大河中的沙洲，悲哀地想起申徒狄。多次规谏君王不听，抱石自沉又有何益？

远　游

屈　原

【题解】

《远游》也是一首充满浪漫主义奇思的抒情长诗。汉代以来的《楚辞》注释家，大多根据传说而定其作者为屈原。但是，不少文学研究者认为，这是汉人摹仿《离骚》的作品，尚无定论。《远游》虽未必是屈原之作，然拟托者却从《离骚》往观四方、溘风上征得到启发，展开远游天地的缤纷铺排，申说“时俗迫阨”之悲和登遐成仙之乐，在艺术表现上大量融汇神仙传说，文采秀发，辞采绚烂。元人祝尧称它为“后来赋家为闳衍钜丽之词”所取法，倒是一点不错。

【原文】

悲时俗之迫阨兮，愿轻举而远游[1]。质菲薄而无因兮，焉托乘而上浮[2]？

悲时俗之迫阨兮，愿轻举而远游。

【注释】

〔1〕迫阨(è)：偏促阻塞。王逸《楚辞章句》：“哀众嫉妒，迫胁贤也。”轻举：轻身高举。

〔2〕质菲薄：质性鄙陋。因：因缘。托乘：指乘坐仙人之车乘。

【译文】

悲哀社会风俗让人困顿，我愿轻身高举远游求真。只是我无能又没有依靠，怎么能乘清气飞上青天？

【原文】

遭沉浊而污秽兮，独郁结其谁语？夜耿耿而不寐兮，魂营营而至曙[1]。

惟天地之无穷兮，哀人生之长勤。往者余弗及兮，

来者吾不闻。

步徙倚而遥思兮，怊惝怳而乖怀[2]。意荒忽而流荡兮，心愁凄而增悲[3]。

神倏忽而不反兮，形枯槁而独留[4]。内惟省以端操兮，求正气之所由[5]。

漠虚静以恬愉兮，澹无为而自得[6]。闻赤松之清尘兮，愿承风乎遗则[7]。

贵真人之休德兮，美往世之登仙[8]。与化去而不见兮，名声著而日延[9]。

【注释】

〔1〕营营：往来不停的样子。

〔2〕徙倚：徘徊不定。怊(chāo)：惆怅。惝怳(chǎng huǎng)：失意不安的样子。乖怀：理想不能实现。

〔3〕荒忽：通“恍惚”，心神不定的样子。

〔4〕倏(shū)忽：迅速。

〔5〕惟省：思考省察。端操：端正操守。

〔6〕恬愉：恬淡自乐。澹(dàn)：通“憺”，安然。

〔7〕赤松：即赤松子，传说中的仙人。清尘：对人尊敬之词。尘，指行而起尘；清，尊贵之意。遗则：遗留的法则。

〔8〕休德：美德。登仙：得道成仙。

〔9〕化：大化，指四时阴阳自然之变化。著：显赫。日延：一天天扩大。

【译文】

陷入泥沼使我污秽浑浊，独自忧闷烦乱向谁诉说！夜里辗转反侧难以成眠，神魂凄切直到天色大亮。

只有天地才会无穷无尽，可怜人生只有劳碌不堪。过去之事已经无法了解，未来之事我也不能听见。

我的步履蹒跚乱了分寸，惆怅失意理想不能实现。心情迷茫让我四处游荡，心中愁惨无限悲伤失望。

忽然之间精神离而不返，躯体消瘦只留下了骨头。反复思索然后审察志向，探求正气到底来自何方。

虚无清静心中安适愉悦，清心寡欲才能自然得意。我敬重赤松先生的清虚，愿意继承他的遗风法则。

我敬慕赤松先生的美德，羡慕过去的人能做神仙。他们蜕形而去人看不见，他们的名声却流传千载。

【原文】

奇傅说之托辰星兮，羡韩众之得一[1]。形穆穆以浸远兮，离人群而遁逸[2]。

因气变而遂曾举兮，忽神奔而鬼怪[3]。时仿佛以遥见兮，精晈晈以往来[4]。

绝氛埃而淑尤兮，终不反其故都[5]。免众患而不惧兮，世莫知其所如。

恐天时之代序兮，耀灵晔而西征[6]。微霜降而下沦兮，悼芳草之先零[7]。

聊仿佯而逍遥兮，永历年而无成[8]。谁可与玩斯遗芳兮？长向风而舒情[9]。高阳邈以远兮，余将焉所程[10]？

【注释】

〔1〕傅说：殷高宗武丁贤相。辰星：星宿名，即房星，东方之宿，苍龙之体。韩众：即韩终。

〔2〕浸远：渐远。遁逸：隐逸。

〔3〕因：凭借。气变：精气的变化。曾举：高举。曾，通“增”。神奔：像神一样往来奔走。

〔4〕晈(jiǎo)：同“皎皎”，光明的样子。

〔5〕氛埃：垢秽之气，即指混浊的尘世。淑尤：美善之地。

〔6〕代序：代谢。耀灵：指太阳。晔(yè)：闪光的样子。

〔7〕沦：沉，降。

〔8〕永历年：经过了很多年。无成：言身已老而事业无所成就。

〔9〕玩：玩赏，品评。长：一本作“晨”。

〔10〕高阳：远古帝王颛顼的称号。焉所程：哪里取得法式。

【译文】

惊叹傅说死后变成星星，羡慕韩众能够飞天成仙。他们身形渐渐远离尘世，他们远离世俗飘然不见。

凭靠精气变化飞升上天，能像鬼神往来瞬息万变。有时仿佛足以远远看见，神灵耀眼往来宇宙之间。

超越尘氛居住名山洞府，永远不愿返回自己故乡。避免众人忧虑毫不惧怕，世人难测不知我的去向。

担心一年四季变化无情，灿烂的太阳在不断西行。寒冷的严霜也开始降临，悼惜那香草会首先凋零。

我暂且徘徊而借以散心，我只虚度年华一事无成。谁能与我同赏这些芳草？我只好长久地迎风抒情。古帝高阳离我们太远了，想效法古人又怎么可能？

【原文】

重曰：春秋忽其不淹兮，奚久留此故居[1]？轩辕不可攀援兮，吾将从王乔而娱戏[2]。

飡六气而饮沆瀣兮，漱正阳而含朝霞[3]。保神明之清澄兮，精气入而粗秽除[4]。

顺凯风以从游兮，至南巢而壹息[5]。见王子而宿之兮，审壹气之和德[6]。

曰："道可受兮而不可传，其小无内兮其大无垠[7]。毋滑而魂兮彼将自然。壹气孔神兮于中夜存[8]。虚以待之兮无为之先，庶类以成兮此德之门[9]。"

闻至贵而遂徂兮，忽乎吾将行[10]。仍羽人于丹丘兮，留不死之旧乡[11]。

【注释】

〔1〕重曰：洪兴祖《楚辞补注》："离骚有乱有重。乱者，总理一赋之终；重者，情志未申，更作赋也。"从全诗结构上看，重曰是另起一层的意思。

〔2〕轩辕：黄帝姓公孙，名轩辕。

〔3〕沆瀣（hàng xiè）：夜间水气，即北方夜半之气。正阳：即南方日中之气。朝霞：即日出赤黄之气。

〔4〕神明：指人的精神。

〔5〕凯风：南风。南巢：指南方荒远之国。壹息：犹稍息。

〔6〕宿：朱熹《楚辞集注》："宿，与'肃'通。"恭敬。壹气、和德：道家术语，得道的意思。

〔7〕无内：极小，不可分割。

〔8〕毋滑(gǔ)：不混乱。壹气孔神：即得道的最佳境界。孔，甚。于中夜存：言夜半万籁无声，人的精神容易达到虚静无为的境界。

〔9〕无为之先：即《老子》“不敢为天下先”。德之门：和德之门，达到和德境界的途径。

〔10〕至贵：至贵之言，指上王子乔之所言。徂(cú)：往。

〔11〕仍：追随。羽人：飞仙。丹丘：昼夜常明之仙境。

【译文】

再进一步诉说：春天与秋天忽匆匆交替，为何我老是要留此故地？轩辕黄帝神圣高不可攀，我将跟随王乔娱乐游戏。

吃的是六气渴了有清露，正阳气漱口朝霞含嘴里。为了保持精神清明纯洁，精气多吸入污秽全排泄。

顺着南风随它各处游历，游到了南巢我暂时休息。见到了子乔我深深作揖，向他讨教得道成仙秘密。

他说：“道需心领神会不可言传，小到不可分大到无边际。神混不乱就可自然显现，得道最佳境存于中夜半。虚静去等待不争天下先，得道之门径一切法自然。”

听到至理名言就想前往，匆匆忙忙我即将要远行。追随飞仙到达丹丘圣地，永远留在长生不死之乡。

【原文】

朝濯发于汤谷兮，夕晞余身兮九阳〔1〕。吸飞泉之微液兮，怀琬琰之华英〔2〕。

玉色頩以脕颜兮，精醇粹而始壮〔3〕。质销铄以汋约兮，神要眇以淫放〔4〕。

嘉南州之炎德兮，丽桂树之冬荣〔5〕。山萧条而无兽兮，野寂漠其无人。载营魄而登霞兮，掩浮云而上征〔6〕。

命天阍其开关兮，排阊阖而望予〔7〕。召丰隆使先导兮，问太微之所居〔8〕。

集重阳入帝宫兮，造旬始而观清都〔9〕。朝发轫于太仪兮，夕始临乎于微闾〔10〕。

【注释】

〔1〕晞(xī)：晒干。九阳：古代神话称汤谷有扶桑树，“九日居下枝，一日居上枝。”九阳，即指居下枝的九个太阳。

〔2〕琬琰：美玉。

〔3〕玉色：指脸色。頩(pīng)：美貌。脕(wàn)：颜面润泽美丽。醇粹：纯粹完美。

〔4〕质：指形体。质销铄：指凡人形体解销。汋约：即绰约，柔美之貌。要眇：高远貌。

〔5〕炎德：火德。阴阳家把东、西、南、北、中分属五行，南方属火，故称炎德。

〔6〕载营魄：车载魂魄。语出《老子》：“载营魄抱一，能无离。”

〔7〕天阍：天上的守门人。关：门栓。开关：即开门。阊阖(chāng hé)：天门。

〔8〕丰隆：云神。太微：天上宫殿名。王夫之《楚辞通释》：“太微，在紫微之南，天市之北，中宫也。

〔9〕集：止，到。重阳：天顶。造：至。旬始：天名。清都：上帝所居之地。

〔10〕轫(rèn)：制止车轮转动的横木。发轫：即移开横木，使车辆行动。所以发轫有启程动身之意。太仪：天庭。于微闾：神话中的山名，在东北方，产玉。于微闾，即医无闾，洪兴祖《楚辞补注》：“《周礼》：‘东北曰幽州，其山镇曰医无闾。’”

【译文】

早晨在汤谷里洗濯头发，夜晚就在九阳下晒身子。吸饮飞泉溅的清凉泉水，美玉般的花朵怀揣在心。

脸色如美玉光彩又照人，精神纯粹完美初盛方刚。凡人形体销解轻丽柔美，神人精神旺盛格外奔放。

南州气候温暖令人赞美，飘美香的桂花冬天吐英。群山萧条没有野兽出没，原野寂静无人多么冷清。车载着魂魄我登上彩霞，浮云遮身啊我登上天庭。

叫守门人赶快打开天门，他推开天门而把我来看。我召唤云师来作为向导，叫他打听太微宫的所在。

来到九重天进入太微宫，造访太白星到清都参观。早晨启程于太仪的天庭，傍晚来到东北于微闾山。

【原文】

屯余车之万乘兮，纷溶与而并驰[1]。驾八龙之婉婉兮，载云旗之逶蛇[2]。

建雄虹之采旄兮，五色杂而炫耀[3]。服偃蹇以低昂兮，骖连蜷以骄骜[4]。

骑胶葛以杂乱兮，斑漫衍而方行[5]。撰余辔而正策兮，吾将过乎句芒[6]。

【注释】

〔1〕屯：聚集。

〔2〕婉婉：同“蜿蜿”，蜿蜒曲折。

〔3〕雄虹：古人分虹为内外环，内环叫雄虹，外环叫雌虹。此指绘于旄上的彩色。旄（máo）：旗杆上装饰牛尾的旗。

〔4〕服、骖：驾车的四匹马，中间的两匹称“服”，两旁的两匹称“骖”。偃蹇：高大矫健的样子。连蜷：形容马奔驰向前卷曲的样子。骄骜：马纵恣奔驰的样子。

〔5〕胶葛：车马杂错貌。漫衍：漫无边际。方行：并行。

〔6〕撰：持，拿。句芒：神话中的木神。

【译文】

集聚起上万辆随从车马，车辆齐头并进从容安闲。驾车的八条龙蜿蜒前行，载着云旗飘飘绵延长空。

插上绘雄虹的彩色旌旗，旗帜五色缤纷炫耀苍穹。服马高大矫健俯仰奔腾，骖马奔驰卷曲纵恣向前。

坐骑车驾交互杂乱相交，车马列队并行漫无边际。我手持缰绳端正握马鞭，经过木神句芒继续前行。

【原文】

历太皓以右转兮，前飞廉以启路[1]。阳杲杲其未光兮，凌天地以径度[2]。

风伯为余先驱兮，氛埃辟而清凉[3]。凤凰翼其承旂兮，遇蓐收乎西皇[4]。

揽彗星以为旍兮，举斗柄以为麾[5]。叛陆离其上下兮，游惊雾之流波[6]。

时暧曃其曭莽兮，召玄武而奔属[7]。后文昌使掌行兮，选署众神以并毂[8]。

路漫漫其修远兮，徐弭节而高厉[9]。左雨师使径侍兮，右雷公而为卫[10]。

【注释】

〔1〕太皓：指东方之天。飞廉：风神。

〔2〕杲杲(gǎo)：明亮。天地：俞樾校作"天池"，即咸池。径度：径直度越。

〔3〕氛埃：尘土。辟：扫除。

〔4〕蓐收：神话中的西方之神。西皇：西方天帝，即少昊。

〔5〕 旍(jīng)：同"旌"，古代用牛尾和鸟羽装饰旗竿的一种旗。斗柄：指北斗七星形如斗柄第五、六、七三颗星。

〔6〕叛：纷繁。惊雾：言云雾惊动而流荡如水波。

〔7〕暧曃(ài dài)：昏暗貌。曭(tǎng)莽：阴晦不明。

前飞廉以启路。

〔8〕文昌：星名，在北斗魁前，有六星。掌行：带领从行的队伍。署：部署，安排。并毂(gǔ)：车辆并驾齐驱。毂：车轮中心的圆木，这里代指车。

〔9〕弭(mǐ)节：停鞭徐行。高厉：凭高远望。

〔10〕径侍：在路旁侍候。径，道路。

【译文】

经过天帝太皓向右转弯，风神飞廉在前开路探看。曙光初升还未大放光明，越过天池继续径直向前。

风伯为我们车队的先锋，天宇扫净浊尘干净清凉。凤凰展翅去承接着旌旗，遇到了西方蓐收和西皇。

摘下彗星装饰我的旗旌，手握斗柄指挥车骑队形。旗帜纷繁闪动光怪陆离，游如惊雾闪似流波泛星。

天色渐渐昏暗暮色来临，我命玄武赶快紧紧跟随。让文昌在后面带领随从，安排众神并驾驱车前行。

道路漫漫前途还很遥远，我且停鞭缓行登高远望。雨师在左路旁侍奉护路，雷公在右路旁放哨站岗。

【原文】

欲度世而忘归兮，意恣睢以担挢[1]。内欣欣而自美兮，聊媮娱以自乐[2]。

涉青云以泛滥游兮，忽临睨夫旧乡[3]。仆夫怀余心悲兮，边马顾而不行。

思旧故以想象兮，长太息而掩涕[4]。泛容与而遐举兮，聊抑志而自弭[5]。

【注释】

〔1〕度世：度越尘世而仙去。 扭挢(jiǎo)：高举貌。

〔2〕媮：通“愉”，乐。

〔3〕泛滥游：纵情地四方周游。临睨(nì)：斜视。这里指望见。

〔4〕旧故：指亲戚朋友。

〔5〕抑志、自弭：指压抑自己思恋故乡旧交的感情。

【译文】

我想超脱尘世无所挂念，我要放纵心意高上云天。内心欣欣自己修养自己，暂且欢娱求得乐在心间。

飞越青云纵情游览四方，忽然望见自己想念的家。仆夫怀恋我也心中悲伤，边马回头张望止住前行。

思念亲戚朋友浮想连翩，长长叹息涕泪纵横沾裳。还是远走高飞任意游荡，暂且压抑自己思乡情肠。

【原文】

指炎神而直驰兮，吾将往乎南疑[1]。览方外之荒忽兮，沛罔象而自浮[2]。

祝融戒而还衡兮，腾告鸾鸟迎宓妃[3]。张咸池奏承云兮，二女御九韶歌[4]。

使湘灵鼓瑟兮，令海若舞冯夷[5]。玄螭虫象并出进兮，形蟉虯而逶蛇[6]。

雌蜺便娟以增挠兮，鸾鸟轩翥而翔飞[7]。音乐博衍无终极兮，焉乃逝以徘徊[8]。

舒并节以驰骛兮，逴绝垠乎寒门[9]。轶迅风于清源兮，从颛顼乎增冰[10]。

【注释】

〔1〕炎神：指南方火神祝融。南疑：即九嶷山。

〔2〕荒忽：荒远飘忽。沛：水流貌。罔象：通“汪洋”，水盛貌。

〔3〕祝融：洪兴祖《楚辞补注》引《山海经》：“南方祝融，兽身人面，乘两龙，火神也。”还衡：转车回返。衡，车辕前横木，此指代车。腾告：传告。宓妃：神话中的人物，是古帝伏羲氏的女儿，溺死于洛水，遂为洛水之神。

〔4〕咸池、承云：都是古代乐曲名。二女：指尧之二女，即娥皇、女英。御：侍候。九韶：舜时乐曲名。

〔5〕海若：北海之神，即《庄子·秋水》之北海若。冯夷：河伯，黄河之神。

使湘灵鼓瑟兮，令海若舞冯夷。玄螭虫象并出进兮，形蟉虬而逶蛇。

〔6〕玄螭（chī）：传说中的红黑色无角龙。虫象：水中神物。蟉虬（liú qiú）：盘曲貌。

〔7〕便娟：轻盈美丽的样子。增挠：层层缠绕。轩翥（zhù）：高飞。

〔8〕博衍：形容乐声舒缓平和。

〔9〕驰骛（wù）：恣意奔驰。逴（chuō）：远。绝垠：天边。寒门：北极的天门。

〔10〕轶：超越。清源：指北极寒风的源头。颛顼：北方之神。增冰：即层冰，厚冰。

【译文】

朝着南方火神直奔而去，我将到那仙界九嶷神山。看那世外多么荒远飘忽，我像船儿漂浮大海汪洋。

火神祝融劝我转车返回，传告鸾鸟迎宓妃洛水上。宓妃演奏古曲咸池承云，娥皇女英演唱《九韶》之歌。

让湘灵女神鼓瑟奏新曲，令海神与河伯对舞翩飞。黑龙水怪一同纷纷起舞，形体盘曲蜿蜒姿态万千。

彩虹艳丽更觉娇媚轻盈，鸾鸟高飞上下盘旋自由。音乐舒缓平和没完没了，我无所适从且徘徊蹒跚。

放开缰绳任凭马儿飞奔，到达了天边北极的寒门。超越疾风来到寒风源头，跟从颛顼登上层层厚冰。

【原文】

历玄冥以邪经兮，乘间维以返顾[1]。召黔嬴而见之兮，为余先乎平路[2]。

经营四方兮，周流六漠[3]。上至列缺兮，降望大壑[4]。

下峥嵘而无地兮，上寥廓而无天[5]。视倏忽而无见兮，听惝恍而无闻[6]。超无为以至清兮，与太初而为邻[7]。

【注释】

〔1〕玄冥：北方水神，冬神。邪经：崎岖小路。间维：古代计算天空距离的单位名称。

〔2〕黔嬴：天上造化神名。

〔3〕六漠：即六幕，六合，指天地四方。

〔4〕列缺：天顶之裂隙，古人谓闪电由此漏出，故又称闪电为列缺。大壑：深渊。

〔5〕廖廓：广远貌。

〔6〕惝恍（tǎng huǎng）：模糊不清。

〔7〕至清：最清虚的境界。太初：太始之初，即原始的状态。

【译文】

经过玄冥前面崎岖小路，登上横绝空间回首频频。召来天神黔嬴彼此相见，让他为我在前把路指引。

驾着车辆走过荒远四方，四方和上下都周游一遍。向上直到闪电漏出之处，向下直到渤海底的深渊。

下面深邃啊看不见大地，上面高远啊望不到青天。眼睛忽而闪却视而不见，耳朵觉嗡嗡也听而无闻。超然无为清虚到了境界，要与原始太初永远为邻。

卜 居

屈 原

【题解】

此篇所记之事，大抵发生在楚襄王三年间。当时屈原放逐汉北已三年多，怀王却已客死于秦。由于子兰唆使上官大夫再次进谗，楚襄王于大怒之中，下令将屈原迁逐江南。屈原在远迁沅湘前，得以在郢都稍事停留，故有烦懑之际问卜詹尹事。“卜居”即卜问如何立身之道。在“宁……，将……”的两疑之中，抒写着小人得志、忠贞遇害的深切愤懑和不平；同时显现着这位伟大志士在世道混浊、是非颠倒的非常时刻，对人生正道的孤傲而又坚定的选择。

《卜居》传说乃屈原所作，其实可能是熟悉屈原事迹的楚人之追记。由于记述的内容主体部分是屈原问卜之语，署屈原为作者，当也可以成立。

【原文】

屈原既放，三年不得复见〔1〕。竭知尽忠，而蔽障于谗〔2〕。

心烦虑乱，不知所从。乃往见太卜郑詹尹曰：“余有所疑，愿因先生决之〔3〕。”詹尹乃端策拂龟，曰：“君将何以教之〔4〕？”

屈原曰：“吾宁悃悃款款朴以忠乎，将送往劳来斯无穷乎〔5〕？

【注释】

〔1〕放：放逐。

〔2〕知：通“智”。

〔3〕太卜：官名，掌管国家卜卦的官员。郑詹尹：太卜名。因：通过，由。

〔4〕策：蓍草。

〔5〕悃(kǔn)悃款款：忠诚勤勉的样子。将：还是。

【译文】

屈原啊他被流放了以后，三年了不能再见到楚王。他为了君国煞费了苦心，但他的进取却遭到谗言。

心烦意乱不知如何是好，就去见管太卜的郑詹尹。屈原说：“有些问题想不通，特来请教先生帮我解决。”詹尹端策拂龟备好工具，说道：“不知您有什么见教？”

屈原十分激动地对他说：“应该老老实实朴质忠厚，还是送迎奉承阿谀曲从？

【原文】

宁诛锄草茅以力耕乎？将游大人以成名乎[1]？宁正言不讳以危身乎？将从俗富贵以媮生乎[2]？

宁超然高举以保真乎，将哫訾栗斯、喔咿儒儿以事妇人乎[3]？宁廉洁正直以自清乎，将突梯滑稽、如脂如韦以洁楹乎[4]？

宁昂昂若千里之驹乎，将氾氾若水中之凫[5]，与波上下，偷以全吾躯乎？

【注释】

〔1〕大人：指权要之人。

〔2〕媮：同“偷”，苟且。

〔3〕高举：指远离世俗。哫訾(zú zǐ)：阿谀奉承。栗斯：惊恐的样子，此处是形容献媚的丑态。喔咿儒儿：强作欢颜，以讨人喜欢的样子。

〔4〕突梯：圆滑。韦：熟牛皮。

〔5〕昂昂：昂然奋发的样子。氾氾：漂浮不定的样子。凫：野鸭子。

【译文】

应该除草助苗努力耕作，还是游说诸侯求取名爵？应该不惜性命大胆直言，还是贪图富贵苟且偷生？

应该超凡脱俗保全性真，还是阿谀逢迎屈己从俗，强颜欢笑以取媚妇人？应该廉洁正直清清白白，还是圆滑随俗面面取巧？像那油脂光滑牛皮柔软？

应该昂首挺胸像千里驹，还是像水中鸭随波逐流，任凭漂浮苟且保全身躯？

【原文】

宁与骐骥亢轭乎，将随驽马之迹乎[1]？宁与黄鹄比翼乎，将与鸡鹜争食乎[2]？

此孰吉孰凶？何去何从？世溷浊而不清：蝉翼为重，千钧为轻[3]；黄钟毁弃，瓦釜雷鸣[4]；谗人高张，贤士无名[5]。吁嗟默默兮，谁知吾之廉贞？"

詹尹乃释策而谢曰："夫尺有所短，寸有所长；物有所不足，智有所不明[6]；数有所不逮，神有所不通。用君之心，行君之意，龟策诚不能知此事[7]。"

【注释】

〔1〕亢：并举。轭：车辕前横架在牲口颈上的横木。亢轭：犹言并驾。驽马：劣马。

〔2〕黄鹄：天鹅，相传能一举千里。

〔3〕钧：古时三十斤为一钧。

〔4〕黄钟：古乐十二律之一，声调最为宏亮。此指音律合于黄钟的乐器大钟。瓦釜：陶制的锅。

〔5〕高张：气焰嚣张。

〔6〕谢：辞谢。

〔7〕数：指占卜。逮：及，到。

【译文】

我应该与骏马并驾齐驱，还是追随劣马亦步亦趋？我应该与天鹅比翼双飞，还是去与鸡鸭争食斗气？

这到底做哪个不做哪个，我应该如何做又如何行？这个世道已经浑浊不清：蝉翼非常重，千钧比之轻；青铜的编钟被销毁抛弃，黏土做的锅子响如雷鸣；坏人势力大，好人默无名。啊！我不说了，谁了解我廉洁坚贞品行？"

詹尹放下蓍草起身辞谢："衡量事物尺有短的时候，衡量事物寸有长的时候；万事万物都有不足之处，聪明的人也有不明之理；数理有时都会无法预料，神灵有时也会变得糊涂。你想怎么做，那就怎么做，龟壳蓍草对这一无所知。"

渔　父

屈　原

【题解】

本篇的作者难以确定，也当是楚人追记屈原事迹之作。屈原与渔父的对话，发生在迁逐江南期间。从渔父认出屈原“三闾大夫”的身份看，他曾在楚江陵生活过，也许是从仕途退隐的高士。渔父对诗人的劝说，既出于关心，亦不妨看作是对屈原志节的一种试探。因为就是主张退隐的清廉之士，也并不愿意与世共其醉、同其浊的，否则他们又何必隐于山泉林下？屈原则不仅主张坚持清峻高洁，而且不能容忍世道之浑浊。因此他所选择的，不是退隐，而是不惧迫害、放逐的挺身抗恶。他宁愿在这斗争中伏清白以死直，也不肯容忍、退让以苟活——这大抵正是与渔父的不同之处。

【原文】

屈原既放，游于江潭，行吟泽畔〔1〕。颜色憔悴，形容枯槁〔2〕。

渔父见而问之，曰：“子非三闾大夫欤？何故至于斯〔3〕？”屈原曰：“举世皆浊我独清，众人皆醉我独醒，是以见放〔4〕。”

【注释】

〔1〕既放：指屈原被楚顷襄王放逐。行吟泽畔：指在大泽边上一边行走，一边吟诗。

〔2〕形容：指体态容貌。

〔3〕三闾大夫：楚国官名，掌管楚国贵族屈、景、昭三姓贵族事务。

〔4〕见放：被放逐。

【译文】

屈原啊已经遭到了放逐，他来到了沅江湖畔游荡，在江边一边走一边吟唱。他衰弱不振啊面色憔悴，他形销骨立啊枯瘦模样。

渔翁看到屈原向他问道：“您不就是三闾大夫吗？为什么沦落到这种地步？”屈原回答渔翁的问话说：“世上都浑浊只有我干净，个个都醉了惟有我清醒，所以我怎么能不被放逐。”

【原文】

渔父曰："圣人不凝滞于物，而能与世推移。世人皆浊，何不淈其泥而扬其波[1]？众人皆醉，何不餔其糟而啜其歠[2]？何故深思高举，自令放为[3]？"

屈原曰："吾闻之：新沐者必弹冠，新浴者必振衣[4]。安能以身之察察，受物之汶汶者乎[5]？宁赴湘流，葬身于江鱼之腹中，安能以皓皓之白，而蒙世俗之尘埃乎[6]？"

渔父莞尔而笑，鼓枻而去[7]。乃歌曰："沧浪之水清兮，可以濯吾缨[8]；沧浪之水浊兮，可以濯吾足。"遂去，不复与言。

【注释】

〔1〕淈(gǔ)其泥：搅动泥沙。淈，搅乱。

〔2〕餔其糟：吃酒糟。啜其歠：喝薄酒。

〔3〕高举：行为高尚，不同于一般世人。

〔4〕弹冠：掸去帽子上的灰尘。振衣：抖落掉衣服上的灰尘。

〔5〕察察：洁白的样子。汶汶(mén)：污浊的样子。

〔6〕湘流：湘水，流经今湖南省。皓皓之白：指纯洁高尚的品格。

〔7〕莞(wǎn)尔：微笑的样子。鼓枻(yì)：敲击船桨。

〔8〕沧浪：水名，在今湖南省境内。濯：洗。缨：系结帽子的丝带。

【译文】

渔翁听他说完就劝他道："圣人不拘泥于某种环境，并能随世俗变化而改变。如果世间上人人都浑浊，何不搅浑泥水推波助澜？如果世间上个个都醉了，为何不吃酒糟把酒大喝？为什么忧国忧民又超脱，以至于使自己被人放逐？"

屈原回答说："我曾经听说：刚洗头要弹去帽上灰尘，刚洗澡要抖净衣上尘土。怎能让干干净净的身体，去沾染外界污浊的事物？我宁愿投入那湘江水中，让自己葬身在鱼腹肚中。怎能让洁白纯净的东西，蒙受那世俗尘埃的污垢！"

渔翁听完后就莞尔一笑。敲击他的船桨边行边唱："沧浪江的水啊清又清啊，可以洗一洗啊我的头巾。沧浪江的水啊浊又浊啊，可以洗一洗啊我的双脚。"走后再没有和屈原说话。

九　辩

宋　玉

【题解】

本篇为宋玉所作。《九辩》原是古代传下来的乐章名。“九”表示多，不代表数字，意思是由多组乐章组成的乐曲，就好像元曲的套数一样。本篇应是宋玉自述其“贫士失职”的抒哀之诗。诗中主要抒写了诗人落拓不遇的悲愁和哀愤，也在一定程度上揭露了当时世道之黑暗。诗有承袭屈原作品的不足之处，但仍有宋玉自己艺术上的独创性。它善于将诗人内心情感融入对客观景物、氛围的描摹之中，使读者受到深深的感染。

《九辩》在形式上继承《离骚》而稍有发展。它打破了四句两韵的格式，句法更加灵活自由，句中字数增加，“兮”字位置的变化、双声叠韵的联绵词和叠音词的大量使用，加强了诗歌音节的谐适美。

【原文】

悲哉，秋之为气也！

萧瑟兮草木摇落而变衰[1]，

憭慄兮若在远行，登山临水兮送将归[2]。

【注释】

〔1〕萧瑟：草木被秋风吹拂的声音。

〔2〕憭慄（liáo lì）：凄凉。这里形容心情凄怆。

【译文】

悲凉啊，秋天肃杀的气氛！

草木在秋风中枯黄凋零。

心情凄凉好像离乡背井，又像登山临水送别故人。

【原文】

泬寥兮天高而气清。寂寥兮收潦而水清[1]。

憯凄增欷兮薄寒之中人，怆怳懭悢兮去故而就新[2]。

【注释】

〔1〕 泬寥(xuè liáo)：天空高阔无云的样子。收潦(lǎo)：雨后的积水。

〔2〕憯凄(cán qī)：悲痛的样子。欷(xī)：叹息声。薄寒：微寒。中(zhòng)：作动词用，伤害。怆怳(chuàng huǎng)、 圹悢(kuàng lǎng)：都是形容人不得志、失意的样子。就：靠近。

【译文】

碧空万里无云秋高气爽，雨停水退秋水清澄平静。

微寒袭人使人备增伤情，离家远行心中怅然失意。

【原文】

坎廪兮贫士失职而志不平〔1〕，

廓落兮羁旅而无友生，惆怅兮而私自怜〔2〕。

燕翩翩其辞归兮，蝉寂寞而无声〔3〕。

雁廱廱而南游兮，鹍鸡啁哳而悲鸣〔4〕。

独申旦而不寐兮，哀蟋蟀之宵征〔5〕。

【注释】

〔1〕坎廪(lǐn)：穷窘困顿的样子。

〔2〕廓落：空廓寂寥。羁(jī)旅：客居。

〔3〕翩翩：鸟飞的样子。寂寞：寂静无声。

〔4〕廱廱：鸟和鸣的声音。 鹍(kūn)鸡：鸟名，样子像鹤，黄白色。啁哳：声音繁杂细碎。

〔5〕申旦：通宵达旦。宵征：原指夜行，这里指蟋蟀在夜间跳动。

【译文】

贫士挫折失位心中不平，

留滞异乡孤独难寻知音，多么失望啊我独自哀怜。

燕子翩翩今又飞回南方，秋蝉默默终日寂寞无声。

大雁雍雍和鸣向南飞去，鹍鸡急促悲啼令人伤心。

我啊孤独一人通宵难寐，怎堪听那蟋蟀彻夜哀鸣。

【原文】

时亹亹而过中兮，蹇淹留而无成〔1〕。

悲忧穷戚兮独处廓，有美一人兮心不绎〔2〕。

去乡离家兮徕远客，超逍遥兮今焉薄[3]？
专思君兮不可化，君不知兮可奈何[4]！

【注释】

〔1〕亹(wěi)：行进的样子。蹇(jiǎn)：句首语助词。淹留：停留。

〔2〕廓：空旷寥廓。有美一人：有一个具有美德的人。绎：原意指抽丝，这里形容人心绪烦乱，无法理清。

〔3〕徕：来。客：寓居。超：远。薄：停止。

〔4〕化：改变。可奈何：无可奈何。

【译文】

时光荏苒转眼人过中年，我还久留异乡一事无成。
悲伤穷困独处空旷境地，痛苦充满一个美人心里。
他离乡背井啊客居异地，到处漂泊如今留在哪里？
一心思念君王忠贞不渝，君王不知道有啥办法呢！

【原文】

蓄怨兮积思，心烦憺兮忘食事[1]。
愿一见兮道余意，君之心兮与余异。
车既驾兮朅而归，不得见兮心伤悲[2]。
倚结軨兮长太息，涕潺湲兮下沾轼[3]。

【注释】

〔1〕怨：忧虑。烦憺(dàn)：内心烦乱。忘食事：忘记吃饭与做事。

〔2〕朅(qiè)：去，离开。

〔3〕结軨(líng)：古时马车车厢的横木。潺湲(chán yuán)：河水缓慢流动的样子，这里形容泪流不断。轼：古时马车上乘者所扶的横木。

【译文】

怨恨忧愁在他胸中蓄积，寝食俱废总是烦闷焦虑。
希望见见君王陈述心意，但君王的心和我的相异。
车虽驾出来了还得回去，我见不到君王心中悲戚。
只好靠着车厢长长叹息，沾湿车板的是滚滚泪涕。

【原文】

忤慨绝兮不得，中瞀乱兮迷惑[1]。
私自怜兮何极，心怦怦兮谅直[2]。

【注释】

〔1〕忤慨：情绪激昂。瞀(mào)乱：昏乱。

〔2〕极：穷尽。谅直：诚实正直。

【译文】

实难做到啊与君王决绝，心中烦乱难解纷繁思绪。
独自悲伤此情何时终结，内心忠诚正直坚定不移。

【原文】

皇天平分四时兮，窃独悲此廪秋[1]。
白露既下百草兮，奄离披此梧楸[2]。
去白日之昭昭兮，袭长夜之悠悠[3]。
离芳蔼之方壮兮，余萎约而悲愁[4]。
秋既先戒以白露兮，冬又申之以严霜[5]。
收恢台之孟夏兮，然欿傺而沈臧[6]。

【注释】

〔1〕四时：四季。廪：同“凛”，寒冷。

〔2〕下：降下。古人以为露也如雨雪一样由天上落下。离披：分散，形容树叶黄萎欲落的样子。梧楸(qiū)：梧桐、楸梓，这两种树秋季落叶很早。

〔3〕昭昭：光明。袭：承接着。

〔4〕蔼：繁茂。余：剩下。约：少，穷。

〔5〕戒：警告。申：加上。

〔6〕恢台：长养。孟夏：据闻一多说，“孟”当为“盛”字之误。欿傺(kǎn chì)：枯萎凋落。沈臧：隐藏，埋葬。

奄离披此梧楸。

【译文】

上天把一年平分为四季，我只对凄凉的秋季悲伤。
白露已经降临百草之上，梧桐楸树很快枝枯叶光。
离开了阳光灿烂的夏日，进入茫茫秋夜无穷漫长。
百花盛开时节已经逝去，草木枯萎衰败令人悲伤。
白露下降警戒秋季来临，严霜又来告诫寒冬将降。
秋冬一扫盛夏繁茂景象，旺盛生机不知哪里躲藏。

【原文】

叶菸邑而无色兮，枝烦挐而交横[1]；
颜淫溢而将罢兮，柯仿佛而萎黄[2]。
萷櫹椮之可哀兮，形销铄而瘀伤[3]。
惟其纷糅而将落兮，恨其失时而无当[4]。

【注释】

〔1〕菸邑（yū yì）：伤坏，形容树叶枯损的样子。烦挐（rú）：纷乱。

〔2〕颜：容，指树的外表。淫溢：过分。罢：通“疲”，指枝叶落尽。柯：树枝。仿佛：模糊，颜色不明。

〔3〕萷（xiāo）：形容树木花叶凋落，只剩下枝干萧疏的样子。櫹椮（xiāo sēng）：形容树叶凋落的样子。销铄（shuò）：销毁，摧残。瘀：病。

〔4〕惟：思，想。纷糅：多而杂乱，这里指败叶衰草相杂。失时：时令已过。当：遇。

【译文】

这时草木显得黯淡失色，枝条纷乱交横错杂无章。
树叶凋敝零落即将萎谢，树木枝干衰败颜色枯黄。
树杪光秃萧疏使人悲哀，枝丫形销骨立内受损伤。
想到枝叶相杂将要飘落，怅恨命乖运蹇失去时光。

【原文】

揽騑辔而下节兮，聊逍遥以相佯[1]。
岁忽忽而遒尽兮，恐余寿之弗将[2]。
悼余生之不时兮，逢此世之俇攘[3]。

澹容与而独倚兮，蟋蟀鸣此西堂[4]。
心怵惕而震盪兮，何所忧之多方[5]！
卬明月而太息兮，步列星而极明[6]。

【注释】

〔1〕揽：持，拉着。骓(fēi)：在辕马两侧拉车的马。辔(pèi)：缰绳。下节：垂下马鞭。相佯：倘佯，自由自在地来往。

〔2〕遒(qiú)：迫近。将：长久。

〔3〕不时：不逢时，指未赶上政治清明之时。侹攘(kuāng rǎng)：混乱，纷扰不宁的样子。

〔4〕澹(dàn)容与：漫步，缓步行走。西堂：西房。

〔5〕怵(chù)惕：惊惧。震：摇动的样子。

〔6〕卬(àng)：望。极：至，到。

【译文】

抓住边马马缰缓缓而行，姑且漫无边际徘徊游荡。
日月易逝眼看时近岁暮，我担心自己的寿命不长。
自己生不逢时实堪悲伤，遭逢混乱世道令人沮丧。
心中百无聊赖独倚栏杆，愁听蟋蟀声声鸣叫西堂。
我的内心时时惊惧震动，为何百感交集时牵愁肠。
夜里仰望明月长长叹息，在星光下徘徊直到天亮。

【原文】

窃悲夫蕙华之曾敷兮，纷旖旎乎都房[1]。
何曾华之无实兮，从风雨而飞飏[2]？
以为君独服此蕙兮，羌无以异于众芳[3]。
闵奇思之不通兮，将去君而高翔[4]。

【注释】

〔1〕蕙华：蕙花。曾敷：重重开放。旖旎(yǐ nǐ)：柔和美丽的样子。都(dū)房：华美房屋。

〔2〕无实：不结果实。飏：同“扬”。

〔3〕服：佩戴。羌：发语词，无意义。

〔4〕闵：自伤。奇思：指忠诚之心。不通：不得通达于楚王。

【译文】

我悲叹那蕙花曾经开放，枝繁叶茂长在华丽北堂。
为何层层花朵没有结果，花瓣顺着风雨到处飞扬？
我还以为君王独爱蕙花，哪知蕙花也与众花一样。
可怜曲折心思无人理解，我将离开君王远走高翔。

【原文】

心闵怜之惨凄兮，愿一见而有明[1]。
重无怨而生离兮，中结轸而增伤[2]。
岂不郁陶而思君兮？君之门以九重[3]。
猛犬狺狺而迎吠兮，关梁闭而不通[4]。

【注释】

〔1〕心闵怜：自己暗暗伤心。有明：能向君王表明自己的心意。

〔2〕重：深深思考。无怨：没做什么事使君王怨恨自己。生离：被生生隔离。中：内心。结轸：郁结悲痛。

〔3〕郁陶（yáo）：忧思郁结的样子。九重：形容君门深邃，君子难得一见。

〔4〕狺狺（yín yín）：狗叫的声音。迎吠：向人狂叫。关梁：关隘桥梁。

【译文】

我的心啊多么忧愁凄凉，希望一见君王倾诉衷肠。
深念自己无罪生生别离，心情郁结沉痛更加悲伤。
哪会不思君而忧思郁结？只是君门幽深重重关防。
猛犬守门迎着来人狂叫，门关和桥梁都闭塞不畅。

【原文】

皇天淫溢而秋霖兮，后土何时而得[1]！
块独守此无泽兮，仰浮云而永叹[2]。

【注释】

〔1〕淫溢：这里指久雨连绵。后土：大地。

〔2〕块：孤独的样子。

【译文】

老天爷降下了绵绵秋雨，地上何时才有干燥地方。

阴雨连绵独处荒芜沼泽，仰望蔽日阴云叹息深长。

【原文】

何时俗之工巧兮，背绳墨而改错[1]！

却骐骥而不乘兮，策驽骀而取路[2]。

当世岂无骐骥兮，诚莫之能善御[3]。

见执辔者非其人兮，故跼跳而远去[4]。

【注释】

〔1〕工：工匠。绳墨：木匠画直线用的工具。

〔2〕骐骥(qí jì)：良马，千里马。驽骀(nú tái)：劣马。

〔3〕御：驾马。古时一辆车由四匹马来拉，驾驭很难，因而御术是“六艺”之一。

〔4〕辔(pèi)：驾驭牲口用的嚼子和缰绳。跼(jú)跳：跳跃。

【译文】

为何社会风气善于取巧，改变良好措施背离正道。

放着日行千里骏马不用，却要赶着劣马慢慢上路。

当今世上难道没有骏马，实在没有人善于驾驭它。

它看见驾驭的人不适当，就会连蹦带跳远远逃跑。

【原文】

凫雁皆唼夫粱藻兮，凤愈飘翔而高举[1]。

圜凿而方枘兮，吾固知其鉏铻而难入[2]。

众鸟皆有所登栖兮，凤独遑遑而无所集[3]。

愿衔枚而无言兮，尝被君之渥洽[4]。

【注释】

〔1〕凫(fú)：野鸭。唼(shà)：水鸟聚食声。粱：米。飘翔：飘然高飞。

〔2〕圜：通“圆”。凿(zuò)：卯眼。枘(ruì)：榫头。凿枘应该两相配合，圆凿方枘比喻格格不入。固：本来。鉏铻(jǔ yǔ)：相互抵触，比喻互不相容。

〔3〕登棲：登高、栖息。遑遑：形容凤凰无处可栖而不安的样子。集：鸟停在树上。

〔4〕衔枚：古时秘密行军时士兵的衔木片，以防喧哗。枚，形状像筷子的木片。渥(wò)洽：厚恩。

凤愈飘翔而高举。

【译文】

野鸭和大雁都争粮夺食，凤凰远远离去越飞越高。

圆的凿孔配上方的榫头，不相合难容纳我早知道。

群鸟都有自己歇宿地方，只有凤凰安身之处难找。

我情愿遇事情闭口不言，曾受君王恩泽难以做到。

【原文】

太公九十乃显荣兮，诚未遇其匹合[1]。
谓骐骥兮安归？谓凤皇兮安棲[2]？
变古易俗兮世衰，今之相者兮举肥[3]。

【注释】

〔1〕显荣：显贵荣耀。匹合：相配合。

〔2〕安归：回哪里。凤皇：即凤凰。

〔3〕变古易俗：改变古法，变更习俗。相(xiàng)者：相马的人。举肥：称扬肥壮的马。

【译文】

姜太公九十岁才显荣耀，圣明君主实在未曾遇到。
千里马的归宿究竟在哪？凤凰又应该在何处栖息？
改变古风习俗世道衰败，相马的人只选肥的马匹。

【原文】

骐骥伏匿而不见兮，凤皇高飞而不下[1]。
鸟兽犹知怀德兮，何云贤士之不处[2]？
骥不骤进而求服兮，凤亦不贪餧而安食[3]。

【注释】

〔1〕匿：隐藏。见：出现。

〔2〕不处：不肯在朝为官。

〔3〕骤：急跑。服：驾驭。妄食：乱吃。

【译文】

骏马只好隐藏不肯露面，凤凰高飞不愿下来停息。

鸟兽都知恋慕有德的人，为何责怪贤士遁世隐居？

骏马不会急进求人使用，凤凰不贪饲养乱吃东西。

【原文】

君弃远而不察兮，虽愿忠其焉得〔1〕？

欲寂漠而绝端兮，窃不敢忘初之厚德〔2〕。

独悲愁其伤人兮，冯郁郁其何极〔3〕！

霜露惨凄而交下兮，心尚幸其弗济〔4〕。

【注释】

〔1〕弃远：远远地抛弃。

〔2〕绝端：藏起踪迹，不使人知晓。窃：谦词。

〔3〕伤人：使人伤损。冯(píng)郁郁：忧伤愁闷的样子。

〔4〕交下：交相落下。幸：侥幸，希望。弗济：不成。

【译文】

君王不辨是非远弃贤士，他虽愿效忠又怎能如意？

想与君王断绝寂寞隐退，君王的深恩又怎敢忘记。

独自悲愁令人肝肠寸断，满腔忧愤何时才是终极。

霜露凄凄遍地下，但愿灾祸不降临。

【原文】

霰雪雰糅其增加兮，乃知遭命之将至〔1〕。

愿缴幸而有待兮，泊莽莽与野草同死〔2〕。

愿自往而径游兮，路壅绝而不通〔3〕。

欲循道而平驱兮，又未知其所从〔4〕。

然中路而迷惑兮，自压按而学诵〔5〕。

【注释】

〔1〕霰（xiàn）：雪珠。雰（fēn）糅：纷糅，大雪落下的样子。遭命：行善而遭遇凶恶的命运。

〔2〕徼幸：侥幸。泊：止，只。莽莽：草盛的样子。

〔3〕径游：直接走去。壅（yōng）绝：堵塞。

〔4〕平驱：平稳地驱车前行。

〔5〕压按：压抑。学诵：学习诵诗。

【译文】

大雪纷纷扬扬越下越大，兆示行善之人恶运临近。
怀着侥幸之心，有所期待，只能与茫茫野草同枯尽。
我想见到君王辩明曲直，路途隔绝阻塞，难以走通。
想要沿着大道，平稳行进，又不知应该何去何从。
走到中途我心愈加迷惑，强自压抑着把诗歌吟诵。

【原文】

性愚陋以褊浅兮，信未达乎从容〔1〕。
窃美申包胥之气盛兮，恐时世之不固〔2〕。
何时俗之工巧兮？灭规矩而改凿〔3〕。

【注释】

〔1〕褊（biǎn）浅：狭而浅。信：实在，确实。

〔2〕美：赞美。申包胥之气盛：申包胥是战国时楚国大夫，当楚国都城被吴军攻破时，去秦国搬请救兵，在秦国的宫殿上哭泣七天七夜，不饮不食，使秦伯终被感动，发兵救楚。固：应为“同”。

〔3〕规矩：规矩，木工以规画圆，以矩画方。

【译文】

生性愚陋又浅薄啊，阿谀逢迎实在一窍不通。
暗赞申包胥的爱国壮举，却恐时势已与往昔不同。
为何时俗善于投机取巧，灭弃规矩方圆乱改孔窍？

【原文】

独耿介而不随兮，愿慕先圣之遗教〔1〕。
处浊世而显荣兮，非余心之所乐〔2〕。

与其无义而有名兮，宁穷处而守高[3]。

食不媮而为饱兮，衣不苟而为温[4]。

【注释】

〔1〕耿介：正当光明。遗教：先人传下来的教诲。

〔2〕浊世：指混乱昏暗的时世。

〔3〕无义：没有正义。有名：徒有虚名。穷处：孤独自处。守高：坚守高尚的节操。

〔4〕 媮(tōu)：偷，苟且敷衍。苟：随便，草率。

【译文】

独自光明正大不随流俗，愿把前代圣贤教诲尊崇。

处身浊世而得显贵荣耀，那绝非我所追求的目标。

与其不讲正义徒有虚名，宁肯穷困独处，坚守节操。

不能苟且求食只图果腹，不愿随便着衣但求温暖。

【原文】

窃慕诗人之遗风兮，愿托志乎素餐[1]。

蹇充倔而无端兮，泊莽莽而无垠[2]。

无衣裘以御冬兮，恐溘死不得见乎阳春[3]。

【注释】

〔1〕托志：寄托志向。

〔2〕充倔(chù)：倔通“诎”，得意忘形的样子。莽莽：形容无边无际的样子。

〔3〕溘(kè)死：突然死去。

【译文】

我暗自仰慕古代诗人的遗风，甘心以质朴生活寄托志向。

小人在朝廷上得意忘形，我却在山野中独自游荡。

没有皮衣服挡风御严寒，我恐怕突然死去见不到明媚的春光。

泊莽莽而无垠。

【原文】

靓杪秋之遥夜兮，心缭悷而日高兮，然惆怅而自悲[1]。

四时递来卒岁兮，阴阳不可与俪偕[2]。

【注释】

〔1〕靓(jìng)：静。杪(miǎo)秋：秋天的末尾，晚秋。杪，树之末端。缭悷：缠绕曲折貌。这里形容心中悲思缭绕。

〔2〕递：更替。卒岁：年终。俪偕：并，一同。

【译文】

清冷冷的是晚秋的长夜，愁绪缭绕，悲思千回。

岁月如流，年事日高，暗自惆怅，无限伤悲。

四季更迭，又近岁暮，阴阳交替，难以相随。

【原文】

白日晼晚其将入兮，明月销铄而减毁[1]。

岁忽忽而遒尽兮，老冉冉而愈弛[2]。

【注释】

〔1〕晼(wǎn)晚：太阳西落，日色已晚。销铄：损耗，削弱，指月缺。

〔2〕遒尽：迫近尽头。冉冉：渐渐地。

【译文】

太阳西沉，黄昏又至，明月亏缺，又减清辉。

岁月匆匆，流年如逝，老境渐至，精力衰颓。

【原文】

心摇悦而日幸兮，然怊怅而无冀[1]。

中憯恻之凄怆兮，长太息而增欷[2]。

年洋洋以日往兮，老嵺廓而无处[3]。

事亹亹而觊进兮，蹇淹留而踌躇[4]。

【注释】

〔1〕摇悦：喜悦。日幸：每日庆幸。怊(chāo)怅：悲伤失意的样子。冀：希望。

〔2〕憯恻：悲哀，惨痛。欷：抽泣。

〔3〕洋洋：舒缓的样子。寥(liáo)廓：空旷，空虚。

〔4〕亹(wěi)亹：行进不止的样子。觊(jì)：希望。踌躇：犹豫不决。

【译文】

也曾心怀侥幸默默期待，但总是失望备增忧虑。

心中惨痛而凄凉啊，长吁短叹，徒增暗泣。

一年年日子缓缓过去，时光虚度，如今年老空虚，归向何处？

盼望着事情终有进展，但久处无成，我徘徊踌躇。

【原文】

何氾滥之浮云兮，猋壅蔽此明月[1]！

忠昭昭而愿见兮，然霠曀而莫达[2]。

愿皓日之显行兮，云蒙蒙而蔽之[3]。

窃不自聊而愿忠兮，或黕点而污之[4]。

【注释】

〔1〕氾滥：同"泛滥"。猋(biāo)：原指狗跑的样子，这里形容云浮动很快。壅蔽：遮掩。

〔2〕霠(yīn)：云遮日。曀(yì)：天阴。

〔3〕皓：光明。显行：照亮道路。

〔4〕聊：同"料"，考虑，料想。黕(dǎn)点：污垢。

何氾滥之浮云兮。

【译文】

为什么满天浮云滚滚，突然把明月遮掩？

我忠心耿耿希望奉献，夜色阴沉难望见。

愿太阳照亮道路啊，但云雾蒙蒙却把它遮拦。

没料想一片忠心报君王，却有人凭空捏造成罪行。

【原文】

尧舜之抗行兮，瞭冥冥而薄天[1]。

何险巇之嫉妒兮，被以不慈之伪名[2]？

【注释】

〔1〕抗行：高尚的德行。瞭冥冥：深远的样子。

〔2〕险巇(xī)：险恶。不慈：指“尧不慈，舜不孝”之说。传说尧杀长子丹朱，舜未告父母而娶妻。

【译文】

像尧舜那样德行高尚啊，他们崇高人格堪比苍天。

为何小人嫉妒如此险恶，把不慈不孝罪名强相加？

【原文】

彼日月之照明兮，尚黯黮捕而有瑕[1]。

何况一国之事兮，亦多端而胶加[2]。

被荷裯这晏晏兮，然潢洋而不可带[3]。

【注释】

〔1〕黯黮(dàn)：昏暗。

〔2〕胶加：错杂纷乱，纠缠不清。

〔3〕荷裯(dāo)：荷叶做的短衫。晏晏：色盛可观，美艳。潢(huáng)洋：形容水深广浩荡的样子。这里形容荷叶做的短衫松散不合身。带：作动词用，用衣带束紧。

【译文】

那光芒四射的太阳月亮，尚且有时出现阴影黑斑。

何况一国事务多，自然纷繁错杂头绪万千。

身披荷制短衫，无比美艳，可它松松散散，终难束扎。

【原文】

既骄美而伐武兮，负左右之耿介[1]。

憎愠怆之修美兮，好夫人之慷慨[2]。

众踥蹀而日进兮，美超远而逾迈[3]。

农夫辍耕而容与兮，恐田野之芜秽[4]。
事緜緜而多私兮，窃悼后之危败[5]。

【注释】

〔1〕骄美：自以为美好。左右：指大臣。

〔2〕愠怆(yùn lún)：忠诚的样子。修美：具有高尚节操的贤臣。夫：那，指示代词。慷慨：大言不惭。

〔3〕踥蹀(qiè dié)：小步快跑的样子。美：具有美德的人。超远：引身远去。逾迈：越走越快。

〔4〕容与：闲散的样子。芜秽：田地荒芜，杂草丛生。

〔5〕緜緜：细小不绝。后之危败：将来国势的危难衰败。

【译文】

君王炫耀勇武，自矜优美，众臣的忠言无法打动他。
憎恶忠诚之士处身高洁，偏爱听小人们大言虚夸。
众小急急求进用，贤者只得引身藏。
农夫停耕尽日闲，杂草丛生田地荒。
群小贪婪，事事只谋私利，暗自痛心，国家由此衰亡。

【原文】

世雷同而炫耀兮，何毁誉之昧昧[1]！
今修饰而窥镜兮，后尚可以窜藏[2]。
愿寄言夫流星兮，羌倏忽而难当[3]。
卒壅蔽此浮云兮，下暗漠而无光[4]。

【注释】

〔1〕雷同：相同。昧昧：昏暗不明。

〔2〕窜藏：逃窜躲藏。

〔3〕羌：发语词。

〔4〕暗漠：昏暗。

【译文】

世人一味求同相互夸耀，为何是非善恶毁誉不当？
如今修饰自己揽镜自照，以后还有地方可以躲藏。

我愿寄语那流星捎心愿，它却倏忽而逝，来去匆忙。
明月终被浮云蔽，茫茫大地暗无光。

【原文】

尧舜皆有所举任兮，故高枕而自适[1]。
谅无怨于天下兮，心焉取此怵惕[2]？
窦骐骥之浏浏兮，驭安用夫强策[3]？
谅城郭之不足恃兮，虽重介之何益[4]？

【注释】

〔1〕举任：举荐任用，指尧舜任用稷、契、禹、益等贤臣。自适：自在安适。
〔2〕谅：相信。怵惕：惊惧。
〔3〕窦：同“乘”。浏浏：顺行无阻的样子。强策：硬而直的马鞭。
〔4〕重介：厚重的铠甲。

【译文】

只因为尧舜都能用贤臣，故而高枕无忧自然安逸。
坚信自己未曾取怨于世人，心中怎会如此忐忑不安？
乘上骏马就能畅行无阻，何必用坚硬的马鞭驾驭？
城郭再牢固足恃，重甲虽厚也枉然。

【原文】

邅翼翼而无终兮，忳惛惛而愁约[1]。
生天地之若过兮，功不成而无效[2]。
愿沉滞而不见兮，尚欲布名乎天下[3]。
然潢洋而不遇兮，直怐愗而自苦[4]。

【注释】

〔1〕邅(zhān)：行路迟迟不进。忳(tún)：烦闷。惛(hūn)：糊涂。愁约：穷愁潦倒。
〔2〕若过：形容人生短暂如匆匆过客。无效：无处效力。
〔3〕沉滞：这里指退隐。布名：扬名。
〔4〕潢洋：形容命运不好。直：只。怐愗(kòu mào)：愚钝。

【译文】

行路迟迟无终极，穷愁潦倒心烦乱。
人生天地如过客，功业不成效力难。
我愿从此隐退不再露面，却还想传播美名于世间。
可是希望渺茫难以实现，性愚蒙固执己见也徒然。

【原文】

莽洋洋而无极兮，忽翱翔之焉薄[1]？
国有骥而不知乘兮，焉皇皇而更索[2]？
宁戚讴于车下兮，桓公闻而知之[3]。
无伯乐之善相兮，今谁使乎誉之[4]。

【注释】

〔1〕莽：苍茫。
〔2〕骥：骐骥，良马。皇皇：遑遑，急匆匆。索：寻求。
〔3〕讴：唱歌。
〔4〕善相：善于相马。誉：赞誉。

【译文】

草野茫茫望无边，四处漂荡停何方？
国有骏马不知乘，为何匆匆又寻访？
宁戚喂牛时在车下唱歌，齐恒听后就知人才不错。
没有善相伯乐在，谁辨贤人不寻常。

【原文】

罔流涕以聊虑兮，惟著意而得之[1]。
纷纯纯之愿忠兮，妒被离而鄣之[2]。
愿赐不肖之躯而别离兮，放游志乎云中[3]。
乘精气之抟抟兮，骛诸神之湛湛[4]。

【注释】

〔1〕罔：同“惘”，怅惘。聊虑：深思。著意：用心意，专心致志。
〔2〕纯纯：同“忳忳”，忠诚谨慎的样子。被(pī)离：散布。鄣：阻碍。

〔3〕不肖之躯：没有才能的人，自谦之词。游志：远游之志。

〔4〕精气：指日月阴阳之人。抟（tuán）抟：指圆圆的日月。鹜（wù）：追随。湛湛：指深邃的太空。

放游志乎云中。

【译文】

我怅惘流涕，深深思量，国君求贤惟有诚心专注。

我忠心谨慎地愿尽忠诚，妒忌者满布把路途阻住。

愿君王允许我从此别离，一展我远游志向在云中。

我乘着日月团团的精气，追随众神飞向辽远太空。

【原文】

骖白霓之习习兮，历群灵之丰丰〔1〕。

左朱雀之茇茇兮，右苍龙之躣躣〔2〕。

属雷师之阗阗兮，通飞廉之衙衙〔3〕。

【注释】

〔1〕骖（cān）：古时指驾在车两旁的马，此指驾车。习习：飞动的样子。丰丰：多的样子。

〔2〕朱雀：南方之神。茇（pèi）茇：翩翩飞翔样。苍龙：东方之神。躣（qú）躣：行进样。

〔3〕阗（tián）阗：鼓声。飞廉：风伯之名。衙（yù）衙：行进的样子。

【译文】

驾着白虹习习飞动啊，游历众神多彩的仙宫。

左边朱雀七宿翩翩飞翔，右边蜿蜒翻腾七宿苍龙。

后面有雷师把鼓声敲响，前面有风伯把道路开通。

【原文】

前轻辌之锵锵兮，后辎乘之从从〔1〕。

载云旗之委蛇兮，扈屯骑地之容容〔2〕。

计专专之不可化兮，愿遂推而为臧。
赖皇天之厚德兮，还及君之无恙[3]。

【注释】

〔1〕轻辌(liáng)：轻便的车子。锵锵：车铃声。辎(zī)乘：古代有帷盖的车子，既可载物，又可坐卧。从从：车铃声。

〔2〕委蛇(yí)：曲折飘扬的样子。扈(hù)：随从。屯骑：古代兵车驾马，故称，屯即“軘”。容容：众多的样子。

〔3〕恙：病，灾难。

【译文】

前边轻便车铃声锵锵，后边辎重车响声纵纵。
饰云彩的旌旗迎风招展，随从着的众骑前呼后拥。
我一心向君忠心永不变，愿君王惩恶扬善心相同。
仰赖皇天厚德大恩，保佑君王无病无痛！